나는
할머니와
산다

제3회
세계청소년문학상
수상작

나는 할머니와 산다

최민경 장편소설

나무옆의자

• ● 차례 ● • •

1
모 아니면 도다!

 생선 한 토막이 남았다. 두툼한 것이 노릇노릇하게 잘 튀겨졌다. 나는 재빨리 젓가락을 내민다. 그러자 또 다른 젓가락 한 쌍이 생선 위에 꽂힌다.

 탁!

 그 순간 생선만큼 두툼하고 커다란 손이 내 손등을 때린다. 눈물이 핑 돈다. 아파서가 아니라 엄마가 꼭 나만 때리기 때문이다. 나는 입술을 깨물고 뻗었던 손을 얼른 거둬들인다. 엄마는 한마디 말도 없이 생선 접시를 아빠 앞으로 내민다. 우리가 생선을 두고 다투는 것을 봤으면서도 아빠는 혼자서 생선 한 토막을 다 발라 드신다. 그걸 보자 밥맛이 뚝 떨어진다. 나는 맨밥을 입속에 욱여넣으며 엄마 몰래 영재를 째려본다. 영재는 딴청을 부리며 돼지처럼 밥을 퍼먹는다.

"절대로 밖에 나오면 안 돼, 알겠니?"

엄마가 말했지만 순순히 대답하지 않는다. 아빠가 숟가락을 내려놓자마자 엄마는 서둘러 반찬 그릇을 챙겨 냉장고에 집어넣는다. 아직 밥을 다 먹지 못한 동생이 뭐라고 투덜댔지만 아랑곳하지 않는다. 아빠가 밥상머리 앞에서 큰 소리로 트림을 하는 바람에 나도 숟가락을 내려놓고 만다. 예절이라곤 눈곱만치도 없는 아빠다.

"너희들, 엄마 말 알아들었지?"

엄마가 재차 물었지만 나는 엄마에게 손등을 맞은 분풀이로 입을 꾹 다물고 있다. 동생 역시 엄마가 상을 빨리 치운 분풀이로 입을 다물기로 한 모양이다. 그 애는 꼭 나만 따라한다.

뭐가 그리 바쁜지 설거지를 대충 끝낸 엄마가 종종걸음으로 현관문을 나선다. 엄마가 나가고 나자마자 아빠가 전화통을 붙들고 어딘가로 전화를 건다. 영재와 나는 서로 멀찌감치 떨어진 채 앉아 시트콤을 본다. 영재와 말을 안 한 지는 벌써 2주가 넘었다. 우리는 같은 장면에서 동시에 웃음을 터뜨린다. 그러다 둘이 같이 웃었다는 사실을 깨닫고는 금세 얼굴이 굳어져서 입을 다문다.

"네……. 그렇게만 해 주신다면……. 네? 뭐라고요? 아, 네에……. 아니요, 괜찮습니다. 그러믄요. 이해하지요. 다들 어려우니까요. 그럼, 안녕히 계십시오……."

아빠는 지금 구직 활동 중이다. 그래서 아빠가 누군가와 전화 통화를 할 때는 떠들면 안 된다. 하지만 언제까지 그렇게 해야 하는 건지는 알 수 없다.

회사를 그만둔 지 벌써 두 달째인데도 아직까지 취직이 안 되는 걸 보면 아빠 성격에 문제가 있는지도 모른다. 집에서 하는 걸 보면 대충 안다. 예의라고는 눈곱만치도 없고 잘 웃지도 않는 데다 필요할 때가 아니면 말도 잘하지 않는 무뚝뚝한 사람과 함께 일하고 싶어 할 사람은 없을 것 같다.

나는 슬쩍 아빠를 한번 본다. 아빠는 전화통에게 혼이라도 난 사람처럼 그 앞에서 고개를 숙이고 있다가 갑자기 담뱃갑을 들고 일어선다. 그러고는 한 뼘이나 내려앉은 어깨를 추슬러 밖으로 나간다.

그렇게 누가 생선 한 토막을 혼자서 먹어 치우래? 그런 작은 배려도 없이 어떻게 사회생활을 한다고.

담배 냄새를 풍기며 돌아온 아빠가 안방으로 들어간다. 영재도 곧 자리에서 일어나 제 방으로 들어간다. 그제야 슬그머니 나는 내 방으로 가서 옷을 꺼내 입는다. 잠깐 나갔다 들어오면 아무도 눈치채지 못하겠지? 다른 사람도 아닌 우리 할머니 일이다. 손녀딸인 내가 가지 않으면 돌아가신 할머니가 서운해할 것 같다. 어차피 잠도 오지 않을 것 같고…….

문 앞에 가서 방문을 살짝 열어 본다. 거실에는 아무도 없다. 지금쯤이면 아빠는 안방에서 공인중개사 시험공부를 하고 있을

지 모른다. 영재는 뭐 하는지 모른다. 그 애는 아마 자기 방에서 돼지처럼 잠이나 퍼 자고 있을 것이다.

거실 한가운데를 가로지를 때는 발끝을 살짝 들어 올린다. 현관문을 열 때 소리가 조금 나기는 했지만, 다행히 아무도 나와 보지 않는다.

밖으로 나오자 찬 공기가 폐 속으로 들이닥친다. 아직은 밤바람이 차다는 걸 깜박했다. 그렇다고 다시 돌아갈 내가 아니다. 나는 곧장 물웅덩이가 있는 공사 현장을 향해 달리기 시작한다. 골목을 다 벗어나지도 않았는데 북소리가 가깝게 들린다. 내 심장도 북처럼 쿵쿵 울린다.

구경 나온 마을 사람들이 몰려 있는 게 보인다. 엄마한테 들키지 않으려면 사람들 틈에 끼어 있어야 한다. 나는 최대한 몸을 숙이고 사람들 사이로 숨어든다. 무릎을 구부리고 서 있으려니 불편하지만 괜히 멀대처럼 서 있다가 엄마한테 들키는 것보다는 낫다. 이제 자리도 잡았으니 슬슬 구경이나 해 볼까.

백열등 불빛이 환하게 켜진 공사장 한가운데 깊이 패인 물웅덩이가 있다. 거긴 쇼핑몰을 짓기 위해 터를 닦아 놓은 자리였는데 갑자기 비가 많이 내리는 바람에 토사가 무너져 내리고 저절로 물웅덩이가 생긴 것이다. 그 물웅덩이 앞에 돗자리가 깔려 있고 돗자리 위에는 온갖 과일과 떡이 차려진 상이 놓여 있다. 맨 앞에 목이 잘린 돼지머리가 놓여 있어서 나는 깜짝 놀랐다. 색이 요란한 한복 차림의 무녀가 머리에 갓처럼 생긴 모자를 쓰고 한 손에 여러 개의 방울이 달린 나무 막대기를 들고 있는 게 보인다. 그걸 보니 목이 자라처럼 움츠러든다.

갑자기 북소리가 커진다. 돗자리 가장자리에 앉아 있는 사람이 두들기는 것이다. 그 사람도 한복을 입고 있다. 엄마는 북 치는 사람 옆에 앉아 있다. 기도하는 사람처럼 두 손을 앞으로 모은 채.

좀 더 자세히 보려고 자리를 옮기려는데 누군가 내 옷깃을 붙잡아 당긴다. 나는 소스라치게 놀라 뒤를 돌아본다.

"쉿!"

누가 먼저랄 것도 없이 우리는 동시에 검지를 입술에 갖다 댄다. 은혜도 몰래 나왔나 보다.

한쪽 구석으로 자리를 옮긴 우리는 어깨를 나란히 하고 서 있다. 나는 은혜의 작은 키 때문에 무릎을 한참이나 더 구부려야 했다. 어쨌든 엄마가 저렇게 열중하고 있으니 들킬 염려는 없을 것 같다. 나는 은혜 손을 붙들고 조금씩 과감하게 앞으로 나아간다.

"대체 뭐 하는 거래?"

은혜가 내 귀에 대고 묻는다. 은혜 입에서 튀어나온 침이 귀에 닿는다. 나는 짐짓 태연한 척 정면을 보고 말한다.

"굿하는 거야."

"굿?"

은혜가 깜짝 놀라 묻는다.

"우리 할머니를 위해서 하는 의식이지."

"너네 할머닌 지난달에 돌아가셨잖아."

맞다. 할머닌 돌아가셨다. 지금 저 앞에 있는 물웅덩이에 빠져서 말이다. 엄마가 치매 걸린 할머니를 집 안에 혼자 놔두고 미용실에 가 있는 동안 그 일이 일어났다.

그 일로 엄마 아빠는 충격을 받으셨는지 어쨌는지 생전 안 하던 부부 싸움을 다 했다. 아빠는 할머니 죽음이 엄마 탓이라고 몰아세웠고 엄마는 자신이야말로 치매 걸린 노인네 뒷바라지한 죄밖에 없다며 아빠를 원망했다.

두 사람 다 너무 흥분해 있었기 때문에 동생과 내가 뜯어말리고 싶어도 그럴 수가 없었다. 나는 우리 아빠가 할머니를 그렇게까지 사랑했는지 미처 몰랐다. 할머니가 살아 계실 때는 별로 그런 내색도 않더니만 돌아가시고 나서야 그 난리를 피우는 아빠 행동이 좀 이상하기도 했다. 어쨌든 그 뒤로도 한동안 우리 집에는 전운이 감돌았다.

"굿을 해서 불쌍하게 돌아가신 할머니 영혼을 위로해 줘야 돼. 안 그럼 할머니 귀신이 우리 집을 쫄딱 망하게 할 거래."

"피이, 요즘 세상에 귀신이 어딨니?"

"어쩌면 벌써 할머니 귀신이 우리 아빠 어깨에 내려와 앉았는지도 몰라. 안 그럼 아빠가 멀쩡하게 다니던 회사를 왜 때려치워?"

나는 은혜를 놀라게 하려고 일부러 그렇게 말한다. 은혜는 토끼처럼 눈이 동그랗게 커져서 나를 한참이나 쳐다본다. 순진하기는. 웃음이 나왔지만 좀 더 놀라게 해 주고 싶어 참는다.

"굿을 해서 물에 빠진 할머니 영혼을 불러오는 거야. 그런 다음엔 맛있는 걸 드시게 해서 다시 처음 왔던 곳으로 돌려보내는 거지."

"그게 어딘데?"

"나도 모르지. 아마도 천국 같은 곳이 아닐까?"

"너네 할머닌 착한 일 많이 하고 사셨나 보다."

은혜는 내 말을 완전히 믿는 눈치다. 뭔가 더 그럴듯한 말이 없을까 머리를 굴리는데 이번엔 방울 소리가 크게 들린다. 무녀가 방울을 흔들며 아이처럼 펄쩍펄쩍 뛰는 게 보인다. 우리는 둘 다 입을 다물고 무녀의 춤을 지켜본다. 춤이라고 해야 제자리에서 빙글빙글 맴돌고 아이처럼 폴짝폴짝 뛰는 게 전부지만.

무녀가 엄마 손을 잡고 앞으로 이끈다. 엄마는 차려진 밥상 앞에다 절을 하면서 손바닥을 싹싹 빌고 또 빈다. 하긴, 엄마가 평소에 할머니한테 한 짓을 생각하면 손이 발이 되도록 빌어도 모자랄 것이다.

'그러게 사람은 평소에 잘하고 살아야 뒤늦게 후회가 없다.'

돌아가신 할머니가 자주 하던 말이다.

"야, 근데 너네 엄만 천주교 신자 아니니?"

은혜는 자신이 무슨 대단한 약점을 발견한 사람처럼 흥분해서 목소리를 높인다.

"글쎄, 사이비 신자도 신자라고 할 수 있다면 말이야. 엄만 기분 좋을 때만 가끔 성당에 가시거든."

"그래도 성당 나가는 건 맞잖아."

"너 같으면 집이 망한다는데 가만있을 수 있겠냐? 우리 엄마는 지금 지푸라기라도 잡고 싶은 심정일 거야."

그 말은 어느 정도 맞는 말이다. 아빠가 직장을 잃고 난 직후에 반에서 늘 1등만 하던 동생의 성적이 갑자기 상위권 밖으로 밀려난 것도 천주교 신자인 엄마가 굿을 하게 된 결정적인 계기가 되었을 것이다. 엄마 처지에서 보면 이상하게도 할머니가 돌아가신 뒤로 나쁜 일들만 계속 일어나고 있는 것이다.

"근데 너네 아빤 왜 안 오셨니?"

참 궁금한 것도 많은 애다. 자꾸 물어 오니까 슬슬 귀찮아지려고 한다.

"우리 아빠 차마 할머니를 볼 면목이 없으시대."

나는 대충 둘러댄다. 다행히 엄마가 갑자기 울음을 터뜨렸기 때문에 은혜도 입을 다물었다. 엄마는 마치 할머니가 앞에 앉아 있기라도 한 것처럼 엎드려 눈물을 펑펑 쏟아 낸다.

"아이고, 어머니! 불쌍하신 우리 어머니이⋯⋯!"

그걸 보고 있자니 내 얼굴이 다 빨개진다. 사람들은 엄마가 진심으로 반성하고 있다고 믿을 것이다. 어떻게 사람이 저렇게 가식적일 수 있담? 나는 팔짱을 긴 채 계속해서 엄마를 지켜본다. 그러나 나를 정작 놀라게 한 것은 할머니 목소리다. 머리카락이 쭈뼛 서고 온몸에 소름이 돋는다.

"조씨네 자손들은 다아 듣거라! 너희가 생전에 나를 박대하여이 몸이 설움 많은 생을 살다 갔으니 너희들이 정성껏 마련한 음식으로 내 배를 불리고……."

그다음은 하도 빨라서 무슨 말인지 알아들을 수가 없다. 동네 아주머니들이 웅성거리는 소리를 종합해 보면 지금 저 무녀의 몸에 우리 할머니 영혼이 들어갔다는 것이다. 그 말을 들으니 어째 으스스한 게 금방이라도 할머니가 내 옷깃을 잡아당길 것만 같다.

"저거 진짜 너네 할머니 목소리 아니니?"

은혜도 무서운지 내 옆에 바짝 붙어 선다. 실은 나도 무서웠기 때문에 은혜의 질문에 한마디도 대답해 줄 수가 없다. 입이 꽁꽁 얼어 버린 것 같다.

엄마가 무녀를 붙들고 큰 소리로 운다. 북소리 때문에 하도 시끄러워서 우는 건지 웃는 건지 분간이 되지 않지만 눈이 퉁퉁 부은 걸 보면 우는 게 맞다. 10분 정도 더 울던 엄마는 꼭 실성한 사람처럼 그 자리에 쓰러진다. 나도 모르게 "엄마!" 하고 외친다. 은혜가 붙들지 않았다면 앞으로 튀어 나갈 뻔했다.

갑자기 주위가 조용해졌다. 북소리도 멈추고 방울 소리도 멈췄다. 나는 귀를 기울여 동네 아줌마들이 수군거리는 소리를 듣는다. 이제 마지막으로 할머니를 저세상으로 보내 주고 나면 모든 의식이 끝난다고 한다.

다시 정신을 차린 엄마가 자리에서 일어나 동쪽을 향해 절을 한다. 무녀가 하얀 종이로 싼 부엌칼을 들고 앞으로 나온다. 무녀가 부엌칼을 던져서 그 끝이 상을 차려 놓은 돗자리 바깥쪽을 향하면 할머니가 모든 한을 풀고 떠난다는 의미이고 그렇지 않고 칼끝이 돗자리 안쪽으로 향하면 떠나지 못한 할머니 영혼이 식구들 중 누군가의 몸에 들러붙어 괴롭힌다고 한다. 나는 부디 칼끝이 바깥쪽으로 향하길 진심으로 빈다. 밤마다 악몽을 꾸지 않으려면 열심히 비는 수밖에.

드디어 부엌칼을 든 무녀의 손이 허공을 향한다. 그 자리에 모인 사람들 모두가 다 그 장면을 보려고 숨을 죽인다.

"나, 너무 무서워."

은혜가 내 팔을 붙든다.

"조용히 해! 자꾸 떠들면 귀신이 알아보고 우리한테 들러붙을지 모른단 말이야."

그 말에 은혜가 입을 다물고 고개를 끄덕거린다.

드디어 부엌칼이 던져졌다.

"아이고, 이를 어째!"

칼을 던진 무녀가 놀라서 제자리에 털썩 주저앉는다.

"이, 이게 무슨 일이람!"

그 말을 끝으로 한동안 주위에는 무거운 침묵만이 흐른다.

집으로 돌아오는 길은 끔찍했다. 은혜가 자꾸만 데려다 달라고 해서 떼어 내느라 애를 먹은 데다 캄캄한 밤길을 혼자 걸으려니 식은땀이 다 났다. 우리 집에서 물웅덩이까지의 거리가 그렇게 먼지 미처 몰랐다. 하지만 어떻게든 엄마 먼저 집에 도착해야 했기 때문에 죽을힘을 다해 뛰었다. 열여섯 해를 살아오는 동안 우리 집이 그렇게 멀게 느껴진 적은 처음이다.

다행히 대문은 그대로 열려 있다. 나는 소리가 나건 말건 후닥닥 현관문을 열고 내 방으로 뛰어들어 간다. 그러고는 방 안에 있는 대로 불을 켠다. 그래 봐야 형광등과 책상 위에 놓인 스탠드뿐이지만 켜 놓으니 훨씬 낫다.

별일은 없겠지만 그래도 기분이 영 찜찜하다. 그 무녀 아줌마는 괜한 짓을 해서는……. 쓸데없이 영혼은 왜 불러내서 사람을 놀라게 하는 거야. 그랬으면 제대로 돌려보내기나 할 것이지.

오늘 밤은 잠자기 틀렸다. 아침까지 불을 켜 두어야겠다. 공부한다고 말하면 아무리 지독한 엄마라도 전기세 아깝다며 불 끄라고는 안 하겠지.

생각을 정리하느라 머릿속이 뒤죽박죽이다. 벌써 새벽 한 시인데 엄마는 아직까지 들어오지 않고 뭐 하는지 모르겠다. 방문이 열리고 누군가 화장실 가는 소리가 들린다. 들어간 지 몇 초도 안 되어 금방 물 내리는 소리가 들리는 걸로 보아 동생인 것 같다. 그 애는 과민성대장증후군을 앓고 있어서 자다가도 일어나 똥을 눈다.

"아직 안 잤구나."

엄마의 목소리다. 갑자기 긴장이 확 풀어진다.

"이제 끝난 거야?"

아직 안 잤는지 안방 문이 열리는 소리에 이어 아빠 목소리도 들린다.

"주무세요."

뒤이어 동생 목소리가 들리고 그다음은 아무 소리도 듣지 못했다.

❧

무슨 소리지? 놀라서 눈을 뜬다. 온몸의 털이 다 곤두선다.

'엄마⋯⋯!'

나는 울고 싶은 심정으로 다급히 엄마를 부른다. 하지만 그건 생각뿐이고 좀처럼 입이 떨어지지 않는다. 불도 꺼져서 방 안은 깜깜하다.

나는 이성적인 생각만 하기로 한다. 영혼이 어쩌고 하는 소리는 모두가 다 미신일 뿐이다. 21세기에 귀신 봤다는 사람 한 명도 못 만나 봤다. 나는 이불 속에서 눈을 똑바로 뜨고 내 앞의 어둠을 노려본다. 숨이 답답했지만 차마 이불은 못 걷겠다.

딱!

분명히 뭔가가 바닥에 가서 부딪친 것 같다. 누군가 방 안에 있다는 소리다. 차라리 이럴 땐 기절이라도 해 버렸으면. 그런데 오히려 정신만 말똥말똥하다.

"할머니, 부디 여기서 서성거리지 말고 좋은 곳으로 가세요.

먹을 것도 별로 없고 겨울엔 춥기만 한 손바닥만 한 이 집이 지겹
지도 않으세요?"

나는 아무렇게나 되는 대로 중얼거린다. 만일 할머니가 나타
난 거라면 내 말을 듣고 있을지도 모르기 때문이다.

"16년 동안 도둑질 한 번 안 하고 착하게 살았어요. 그러니 정
그렇게 이 집에 살고 싶으시면 나 말고 영재한테로 가세요. 할머
닌 영재를 예뻐하셨으니까 그리로 가면 좀 더 편히 지낼 수 있을
거예요."

영재야, 미안하다. 나는 용기를 내어 이불을 슬그머니 걷고 방
안을 살펴본다. 어두워서 잘 보이진 않지만 아무래도 예감이 좋
지 않다.

딱!

바로 그때 내 이마 위로 무언가 떨어진다. 순간적으로 이마를
더듬는다. 뭔가가 있다. 나는 얼른 그 물체를 줍고 난 뒤 이불을
다시 뒤집어쓴다.

'모 아니면 도다!'

이것도 할머니가 자주 하시던 말이다. 깊게 심호흡을 한 뒤 천
천히 주먹 쥔 손을 펴고 그 안에 든 것을 확인해 본다. 그러면 그
렇지.

이 세상에 귀신 같은 건 없다. 괜히 사람들 말만 믿고 나만 바
보 될 뻔했다.

나는 천장에서 떨어진 야광 별을 잠옷 주머니에 집어넣는다.

처음에 났던 소리도 야광 별이 방바닥에 떨어지면서 났던 소리가 틀림없다. 요즘 들어 이놈의 별 모양 플라스틱들이 접착력을 잃고 하나둘 천장에서 떨어지더니 이젠 남은 게 몇 개 되지도 않는다. 그런 걸 가지고 괜히…….

내친김에 자리에서 일어나 형광등 스위치를 누른다. 귀신이 없다는 건 확인했지만 그래도 혹시 모르는 일이다. 자리에 누워 '무궁화꽃이 피었습니다'를 백 번쯤 중얼거리고도 모자라 양의 숫자를 센다. 도무지 잠이 올 것 같지 않다. 잠을 자려고 노력하면 할수록 내 눈은 더욱 말똥말똥해진다. 정말 끔찍한 밤이다.

"조은재, 조영재, 아직도 자니?"

엄마 목소리다. 이불을 걷고 자리에서 벌떡 일어나 앉는다. 드디어 아침이 온 것이다. 어둠을 본 자만이 새벽이 밝은 줄 안다더니 지금 내 심정이 꼭 그렇다. 잠옷도 갈아입지 않고 방문을 나선다. 아빠와 동생이 밥상 앞에 자리 잡고 앉아 있는 게 보인다. 오늘따라 식구들 얼굴이 왜 이렇게 반가운지 모르겠다. 돼지 같은 영재도 오늘 아침은 통통한 게 귀엽기만 하다. 나는 실실 웃으며 영재 옆자리에 앉는다.

밥상 한가운데에 된장찌개가 놓여 있다. 뚝배기 안에서 보글보글 끓고 있는 된장찌개가 참 구수해 보인다. 찌개 안에다 얼른 숟가락을 집어넣는다.

탁!

또 나만 때린다. 하지만 오늘 아침은 맞아도 안 아프다. 오히려 엄마가 나를 때려 줘서 눈물 나게 고맙기까지 하다.

"가서 세수부터 하고 와."

엄마의 명령이다. 나는 말 잘 듣는 군인처럼 절도 있게 일어나서 욕실로 향한다. 그리고 동생이 다 먹을까 봐 대충 씻고 나온다.

"이거 집 된장으로 한 건가?"

찌개를 떠먹던 아빠가 엄마를 향해 묻는다. 엄마는 아빠 얼굴은 보지도 않고 시큰둥하게 그렇다고 대답해 버린다. 나도 얼른 가서 찌개 맛을 본다. 하나 먹다 둘이 죽어도 모를 만큼 정말 맛있다.

"얘가 별일이네. 된장찌개를 다 먹고."

엄마가 나를 신기한 듯 바라본다. 그러고 보니 별일이다. 내가 된장찌개를 다 먹다니. 세상에서 가장 싫어하는 음식을 고르라면 된장찌개하고 콩자반 아니었던가? 이거 뭔가 좀 이상하다.

"먹으면 좋지 뭘 그래. 저도 이제 익숙해졌나 보지, 뭐."

아빠가 거들어서 그 순간은 그냥 넘어갔다. 그런데 나는 아까부터 죽 된장찌개하고만 밥을 먹는다. 평소 내가 좋아하던 달걀말이와 멸치조림이 있는데도 그쪽으론 아예 손도 뻗지 않는다. 덕분에 영재 혼자 그 맛있는 걸 다 먹고 있다. 나도 맛을 보려고 달걀말이를 하나 집어 먹는다. 밍밍한 게 영 맛이 좋지 않다. 그 다음엔 멸치조림을 맛본다. 엄마도 참, 이도 성치 않은데 이 딱딱한 걸 어떻게 씹어 먹으라고……

"엄마, 반찬이 다 왜 이래? 심심하니 간이 하나도 안 뱄잖아."

엄마, 아빠 그리고 영재가 내 얼굴을 뚱하니 쳐다본다. 나 역시 그 말을 정말 내가 한 게 맞나 싶어 멍하니 식구들을 본다. 밥상 앞에서 잠시 침묵이 흐른다.

"기집애…… 그렇게 말하니까 꼭 지 할머니 같네."

엄마는 할머니 생각만 하면 진절머리가 난다는 듯 어깨를 한 번 움찔거린다. 그 와중에 식사는 다시 계속된다. 나는 점점 기분이 이상해져서 더는 밥을 먹지 못하고 숟가락을 내려놓는다.

"왜, 벌써 다 먹었니? 하긴 너 요즘 너무 먹더라. 그렇게 먹는 데도 살 안 찌는 거 보면 신기하다니까."

엄마의 말을 등뒤로 하고 내 방으로 와서 문을 닫는다.

된장찌개가 왜 그렇게 갑자기 맛있게 느껴지는 거야? 게다가 할머니처럼 반찬투정이나 하고 말이야……. 서서히 불안해지려고 한다. 아니면 내가 너무 예민한 건가? 잠을 한숨도 못 잤으니까 신경이 곤두서서 그런 걸지도 모른다. 그리고 사람 입맛이 변할 수도 있지 그런 걸 꼭 걸고 넘어지는 엄마가 더 이상한 거다.

나는 영재가 화장실에서 나올 때 짓는 표정 그대로 교복을 입고 책가방을 멘다. 뒤늦게 독후감 숙제가 떠올랐지만 이제 와 어쩔 수도 없는 노릇이다. 그냥 봉사한다고 생각하고 일주일간 화장실 청소나 열심히 해야겠다.

"급식비 안 가져가니?"

맞다. 내 소중한 밥값. 신발을 신다 말고 다시 부엌으로 가서 엄마에게 급식비를 받아 챙긴다.

"또 삥땅치면 다음엔 네가 벌어서 급식비 내."

물끄러미 엄마 얼굴을 본다. 엄마는 할머니에게 당했던 시집살이를 이제 와 나한테 시키려나 보다. 내가 아무리 자기 친딸이 아니라도 그렇지……

"엄만 그런 거 걱정하지 말고 오늘 손님 올 테니까 어디 나가지나 마."

그 말을 던져 주고 등을 홱 돌린다.

"그게 무슨 소리야, 누가 온다고? 그걸 네가 어떻게 알아?"

엄마도 은혜처럼 참 궁금한 것도 많다. 나는 내 캔버스화에 두 발을 끼워 넣으며 소리친다.

"아무튼 그렇게 하라면 해."

그렇게 말하고는 현관문을 열고 밖으로 나온다. 마당에 세워진 자전거를 끌고 대문을 나서는데 갑자기 등골이 오싹해진다. 그러게 말이야……. 오늘 우리 집에 손님이 올지 안 올지 그걸 내가 어떻게 안담.

불안을 떨쳐 내려고 자전거 페달을 열심히 밟는다. 골목을 채 벗어나지도 않았는데 무릎관절이 쑤시고 아프다. 뼈에 바람이 든 것처럼 시린 것이 꼭 비가 올 것 같다. 더 이상 자전거를 타는 건 무리다. 아직 학교에 늦은 건 아니니까 자전거를 끌고 천천히 걷기로 한다.

2
재수 없는 날

　나는 지금 비 내리는 창밖을 바라보고 있다. 어째 비가 올 것
같더니 1교시 끝나자마자 빗방울이 후두둑 떨어져 내리기 시작
했다. 이런 날은 뜨뜻한 방 안에 누워 며느리가 부쳐 주는…….
나도 모르게 주위를 살핀다. 오늘따라 정말 왜 이러지? 자꾸만
이상한 말이 튀어나와 사람 간 떨리게 만든다.

　오늘 도저히 수업 못 들을 것 같다. 담임 선생님한테 그 날이라
고 둘러대면 양호실에서 쉬게 해 줄 것이다. 배가 아픈 척 얼굴을
찌푸리고 자리에서 일어난다. 그런 나를 3분단 세 번째 줄에 앉
아 있는 은혜가 물끄러미 바라본다.

　기집애, 그렇게 걱정되면 따라올 것이지. 은혜에게 같이 가자
는 손짓을 한다. 그러나 은혜는 황급히 내 시선을 피하며 고개를

돌려 버린다. 신경 쓰지 않고 그대로 교실 뒷문으로 향한다.

복도 쪽 맨 뒷자리 책상에는 유도부인 한세영이 앉아 있고 그 주위를 나경희와 주영란이 둘러싸고 있다. 내가 그쪽으로 다가가 자 한세영 일당이 동시에 나를 힐끔거리며 뭐라고 숙덕거린다.

"그러니까 쟤네 엄만 가짜 엄마래. 쟤 동생도 어디서 데려왔다 더라."

일부러 내가 들으라고 하는 소린지 아니면 지들끼리 속삭이는 건지 모르겠다. 어쨌든 내 귀에 다 들린다. 새삼스럽게 그런 걸 가지고 남 뒷담화나 하고 앉아 있는 저 애들이 불쌍하다. 나는 무 표정한 얼굴로 교실 뒷문을 빠져나온다.

틀림없이 김은혜가 떠벌리고 다녔을 것이다. 그 애가 입이 싼 줄은 진작에 알았지만 내 사생활까지 건드릴 줄은 몰랐다. 솔직 히 배신감을 느낀다. 이래저래 오늘은 우울한 날이다.

교무실에 가서 생리통 때문에 수업을 못 듣겠다고 말하자 담 임 선생님은 허둥거리며 얼른 양호실에 가 누워 있으라고 말한 다. 역시 남자 선생님한테는 생리통이 잘 먹힌다. 하지만 흰 천이 깔린 딱딱한 침대 위에 누워 있자니 좀이 쑤시다. 게다가 이 침 대, 내 키에 비해 너무 짧다. 나는 불편한 두 다리를 안으로 오므 려 침대 바깥으로 넘어가지 못하게 만든다.

침대에 누워서 곰곰이 생각을 정리해 본다. 그럴 일은 없겠지 만 만일의 경우를 대비해서 말이다. 그러니까 오늘 아침에 나는 된장찌개를 먹었다. 그건 평소에 할머니가 좋아하시던 음식이다. 그리고 할머니는 언제나 반찬 투정을 하셨다. 짜게 먹으면 몸에 좋지 않다는데도 자꾸만 소금을 가져와 뿌리라고 말했었다.

마지막으로 나는 엄마에게 오늘 우리 집에 손님이 올 거라고 말했다. 그건 전혀 예상치 못한 말이 저 혼자 튀어나온 것이다. 그런데 뭐, 그게 어쨌다는 거야?

사람이 나이를 먹으면 입맛도 변한다더라. 열다섯 살 때까지 먹지 않던 된장찌개를 열여섯이 된 어느 날 먹게 된다고 해도 전혀 이상할 게 없는 것이다. 게다가 오늘 반찬 솔직히 싱거웠다. 평소에도 늘 그렇게 느꼈지만 엄마가 하도 염분 섭취를 줄여야 한다고 강력하게 말했기 때문에 그동안은 그냥 참았던 것뿐이다.

마지막으로 손님이 올 거라고 한 말은, 말 그대로 그냥 튀어나온 말이다. 생각지도 않았던 말이 저 혼자 튀어나와 당황했던 경험들 누구나 다 있을 것이다. 근데 오늘따라 왜 이렇게 삭신이 쑤시냐…….

창밖을 보니 어느새 비가 그쳤다.

비에 젖은 나뭇잎 하나가 나뭇가지에 간신히 붙어 있다가 마치 내가 보고 있기를 기다렸다는 듯이 살랑거리며 떨어져 내린다. 어떤 소설책에 나오는 '마지막 잎새'란 바로 저런 걸 두고 하는 말이겠지. 거기 주인공은 폐렴인가 뭔가에 걸려 시한부 인생을 산다. 창밖의 나뭇잎이 하나둘 떨어지는 걸 보며 잎이 다 떨어지면 자신도 죽을 거라고 믿는다. 어느 마음씨 착한 화가가 마지막 잎새가 떨어진 자리에 나뭇잎 그림을 그려 놓는다. 화가가 그려 놓은 잎새를 본 소녀가 다시 희망을 얻고 병마와 싸워 이겨 낸다는 이야기다.

근데 걔는 어떻게 진짜랑 가짜도 구분 못하냐. 나 같으면 대번에 알아봤을 것 같은데. 아무튼 슬픈 이야기였다. 그 그림을 그린 화가가 죽어 버렸기 때문이다. 고맙다는 인사도 듣지 못한 채로 말이다. 내가 유일하게 끝까지 다 읽은 책이었는데.

나도 시한부 인생을 살았으면 좋겠다. 그러면 엄마는 그동안 나한테 잘못한 걸 뉘우치며 매일매일 폭찹 스테이크를 사 줄지도 모른다. 그건 정말 맛있다. 작년 생일 때 패밀리 레스토랑에서 딱 한 번 먹어 봤는데 너무 맛있어서 기절할 뻔했다.

여러 가지 채소와 소고기를 구워 낸 뒤 그 위에 케첩과 스테이크 소스를 살짝 끼얹은 것인데 보기만 해도 침이 줄줄 새어 나왔다. 그 후로 어떤 음식을 먹어도 그보다 맛있지는 않았다. 그렇게 맛있는 걸 내 평생 한 번밖에 먹어 보지 못하고 죽어 버린다면 그보다 더 억울한 일은 없을 것 같다.

갑자기 배가 고파진다. 급식 시간 되려면 아직 한참이나 더 기다려야 하는데. 양호실에 뭐 먹을 게 없나? 나는 침대에서 일어나 문가에 있는 소형 냉장고를 열어 본다. 가끔 양호 선생님이 거기에 먹을 걸 숨겨 둔다는 걸 알기 때문이다. 하지만 불행하게도 오늘은 먹을 게 아무것도 없다. 감기 걸렸을 때 먹는 쌍화탕이랑 캔 커피 한 개가 있긴 하지만, 그걸로 내 배를 채우고 싶지는 않다.

"조금만 기다려 봐. 틀림없이 누군가 음식을 가지고 올 거야."

이건 방금 나 혼자 한 말이다. 그러니까 내가 나한테 말을 한 것이다. 꼭 목에 가래 걸린 늙은이 같은 목소리로 말이다. 오늘따라 말이 왜 저 혼자 튀어나오고 난리람. 애써 대수롭지 않은 듯 침대 위로 가서 눕는다. 누군가 양호실 문을 두드릴 때까지 얌전히 기다린다.

맙소사! 정확히 10분 뒤, 은혜가 나타났다. 양손에 먹을 걸 가득 들고서 말이다. 은혜가 먹을 걸 들고 오리라는 걸 내가 어떻게 알았지? 갑자기 초능력이라도 생겼나? 내가 놀란 눈으로 문 앞에 서 있는 은혜를 보고만 있자 은혜가 어색한 미소를 짓는다.

"놀랐지?"

그래, 놀랐다. 너무 놀라서 나 지금 떨고 있다. 나는 아무렇지도 않은 얼굴로 은혜가 가까이 다가오는 것을 본다.

"너 이 시간 되면 배고파서 반쯤 미치잖아. 그래서 내가……."

말없이 은혜가 침대 위에 내려놓은 봉투 안을 뒤진다. 컵라면하고 김밥하고 눅눅해진 튀김들, 그 밖에 다른 것들도 많다. 이쁜 것……. 이럴 땐 정말 천사 같다니까. 먼저 호일을 까서 그 속에 든 김밥을 입속으로 집어넣는다. 따지고 싶은 건 일단 뒤로 미루고 배 속을 채우는 게 먼저다.

"이래서 금강산도 식후경이야!"

양 볼이 미어터질 만큼 김밥을 밀어 넣은 채로 은혜를 본다. 은혜도 내 얼굴을 빤히 쳐다본다.

"방금 전에 네가 말한 거야?"

"응? 으응……."

"근데 목소리가 왜 그래?"

"어, 그건…… 감기 기운이 좀 있어서 그래."

나는 목을 캑캑거린다. 은혜가 놀라서 내 등을 주먹으로 탁탁
친다.

"좀 천천히 먹어."

나는 김밥을 또 입속에 집어넣고 우물거린다.

"있잖아. 아까 걔네들 얘기……."

이럴 줄 알았다. 이 기집애는 지가 잘못해 놓고 꼭 먼저 선수를
친단 말이야.

"상관없어. 내가 입양아라는 사실이 뭐 별거야? 남들 다 아는
걸 걔들은 이제 알았나 보지, 뭐."

그렇게 말했지만 기분이 썩 좋은 건 아니다. 누군가 나에 대해
알게 되는 것만큼 기분 나쁜 일은 없으니까. 그건 내가 입양아가
아니라고 해도 마찬가지였을 것 같다.

"미안해……. 그렇지만 맹세코 일부러 말한 건 아니었어. 무슨
말을 하다가 나도 모르게 그만……."

이래서 내가 친구를 안 사귀는 거다. 자고로 가장 가까운 사람
이 상처 주는 법이니까. 그렇다고 내가 상처받았다는 얘기는 결
코 아니고 그냥 말이 그렇다는 얘기다.

"그건 그렇고 너 요즘 걔네들이랑 잘 어울려 다니더라?"

관심 없는 척했지만 실은 무지 신경 쓰였다.

한세영 일당이 우리 학교에서 소문난 날라리들이라서가 아니라 멍청한 김은혜가 개네들 봉이라는 소문이 들려와서다. 소문 따위 믿을 내가 아니지만 김은혜라면 충분히 그럴 소지가 있다. 은혜는 누가 조금만 잘해 줘도 간이고 쓸개고 다 내줄 만큼 마음이 여린 애다.

"나쁜 애들 아니야……."

"누가 나쁘대? 그냥 네가 평소에 안 하던 짓을 하고 다니는 것 같아서 그렇지."

"안 하던 짓?"

"너 옛날엔 그런 거 안 했어. 스무살 되면 하겠다고."

내가 손가락으로 귀에 걸린 액세서리를 가리키자 은혜가 얼굴을 붉힌다.

"그치만 예쁘잖아. 다른 애들도 전부 하던걸, 뭐."

하긴. 요즘엔 학교에서도 귀고리는 그냥 봐주는 눈치다. 아침 등교시간에 학교 정문 앞에 서 있는 선도부한테 걸리지만 않으면 얼마든지 할 수 있는 것이다. 알고 보면 배꼽에 피어싱 한 애들도 수두룩하다.

"어쨌든 난 예전의 네가 더 좋았어."

그 말에 은혜가 수줍게 얼굴을 붉힌다. 내가 무슨 사랑 고백을 한 것도 아닌데 말이다. 이거 괜히 분위기 이상해지려고 하네……. 때마침 스피커에서 4교시를 알리는 시작종이 울려서 은혜가 후다닥 돌아갔다.

나는 다시 양호실에 혼자 남았다. 심심해서 먹던 거나 마저 먹으려고 비닐봉지를 뒤적이고 있는데 갑자기 삼촌 얼굴이 보인다. 진짜 보였다는 얘기가 아니고 머릿속에 잠깐 등장했다 사라졌다는 말이다. 이런 걸 뭐라고 표현해야 할지 모르겠지만 하여튼 할머니 장례식 때 딱 한 번 봤던 삼촌이 갑자기 떠오른 것 자체가 이상하다. 우리 집에 삼촌이 오려나……?

오징어튀김을 입속에 넣고 우물거린다. 자꾸 불길한 예감이 스쳤지만 애써 무시한다.

양호실에 혼자 있으려니 무지 심심하다. 4교시가 무슨 시간이더라……. 이제라도 수업에 들어가 볼까 하다가 눈이 단춧구멍만 한 담임 선생님 얼굴이 떠올라 고개를 세차게 내젓는다. 담임이 수업 시간에 정확히 어딜 보고 있는지 알 수가 없기 때문에 그 시간에 딴짓을 한다는 건 상상도 할 수 없는 일이다.

하지만 그런 담임을 사모하는 애들도 꽤 많다. 작년 축제 때 기타를 치며 부르던 〈홀리데이〉는 내가 들어도 가수 뺨쳤다. 그 자리에서 담임한테 반하지 않은 애들은 단 한 명도 없었다. 하지만 지금 내가 안락한 양호실을 뛰쳐나가 수업 시간에 들어간다는 것은 무모한 짓인 것 같다. 멍청히 자리에 앉아 무슨 말인지도 모르는 인수분해에 대해 배운다는 건 노래 잘하는 담임에 대한 예의가 아니니까.

그냥 이 생각 저 생각 할 것 없이 잠이나 푹 자야겠다. 나는 옆 침대에 놓여 있던 담요를 가져와 덮는다. 배가 적당히 불러서인지 슬슬 잠이 오는 것 같다.

◦◦

"삼촌, 너무하세요. 지금껏 말 한마디 없다가 이제 와서 이러
시면 어떡해요?"

분위기가 좀 험악하다. 아빠는 연신 담배만 피워 대고 있다. 거
실에 담배 연기가 자욱하다. 아마 이럴 때라도 거실에서 실컷 피
워 보려고 작정한 것 같다.

삼촌이라는 작자는 이마가 번지르르한 게 그동안 잘 먹고 잘
살았나 보다.

"형수님, 전 법에 어긋나는 일은 하지 않고 살았습니다. 지금
도 그렇고요."

버터를 통째로 먹었는지 목소리 한번 기름지다.

"법이라니요? 서방님, 지금 이게……."

"됐어, 그만해! 그리고 민국이 너, 네 말 무슨 말인지 충분히
알아들었다."

"너무 섭섭하게 생각하지 마십시오. 제 얘긴, 어차피 신도시
개발되기 시작하면 보상받고 여기서 나가야 하니까 그때 가서
얘기하느니 지금 미리 못을 박아 두자, 그 말입니다. 생전에 효도
한번 못해 봤지만 저도 어머니 자식이잖습니까. 저 결혼하기 전
까지 쪽방 생활하며 힘들게 공부한 거 형님도 다 아시죠. 솔직히

그 사람 만나지 않았다면 저 아직도 쪽방에서 라면이나 먹고 앉아 있을 겁니다. 집에서 조금만 도와주었더라면……."

"알았다니까, 인마. 그리고 너만 힘들게 살았냐? 나도 힘들었어. 엄마 혼자 힘들게 생선 팔아 가르쳐 놓았더니 이제 와서 유산이나 노리는 놈……. 너 같은 놈은 평생 생선 한 토막 먹을 자격 없으니까 빨리 내 눈앞에서 사라져!"

그래서 아빠가 그렇게 생선에 집착했던 거구나. 어째 마음이 좀 짠해지려고 한다.

"이래서 형님과는 대화가 안 된다니까요. 감정적으로 대응할 일도 아닌데……."

"당장 안 나가!"

아빠는 재떨이라도 집어 던질 것 같은 얼굴이다. 그걸 보고 삼촌이 벌떡 일어선다. 나는 거실로 들어오지도 못하고 엉거주춤 현관 문턱에 서 있다가 삼촌과 눈이 마주친다. 인사를 해야 되는 건지 말아야 되는 건지 모르겠다.

나보다 키가 작은 삼촌이 내 얼굴을 쳐다보느라 목을 한껏 뒤로 젖힌다. 순간 무슨 말이 튀어나올 것처럼 입이 또 근질거린다. 황급히 두 손으로 내 입을 틀어막는다. 그런 내 옆을 삼촌이 말없이 지나쳐 가서 현관에 놓인 구두를 신는다.

"좀 교양 있게 사실 순 없어요? 항상 그렇게 성질만 앞세우니까 회사에서도 잘린 거 아니냐고요!"

우당탕!

순간 잘 피했다. 내가 아니라 삼촌이 그렇다는 얘기다. 현관문
에 가서 부딪친 재떨이는 산산조각이 났고 아빠의 이빨 자국이
나 있는 담배꽁초가 여기저기 흩어졌다. 결국 제 할 말을 다한 삼
촌이 씩씩거리며 현관문을 소리 나게 닫고 나가 버린다. 나는 바
닥에 떨어진 유리 조각들을 주우려고 허리를 굽힌다.

"조은재 너, 이리 와 봐."

엄마의 화풀이 대상 1호는 바로 나, 조은재다. 누가 양엄마 아
니랄까 봐 꼭 티를 낸다. 주춤거리며 거실로 들어선다. 엄마는 내
팔을 홱 잡아당겨 거실 바닥에 앉힌다.

"너, 오늘 삼촌이 우리 집에 올 거라는 거 어떻게 알았어?"

이럴 땐 눈썹이 휘날리도록 도망쳐야 하는 건데. 나도 모르게
얼굴이 달아오른다.

"응? 그게, 그러니까……."

"네가 분명히 아침에 말했잖아. 우리 집에 손님 온다고."

"엄만 그걸 믿었어? 그건 그냥 해 본 소리였는데."

"얘가 정말……."

"아, 왜 애는 다그치고 그래? 은재가 민국이 부른 것도 아니구
면."

"그게 아니라……."

"됐어, 머리 아프니까 그만해. 은재 넌 빨리 네 방으로 들어가
고."

"왜 자기 동생 못난 거를 나한테 화풀이해요? 그리고 보상을

받으면 몇 푼이나 받는다고 덜컥 그런 약속을 하고……. 그 돈 주고 나면 우린 어디 가서 살지 생각해 봤어요? 서울에서 여기만큼 집값이 싼 데가 어디 있다고!"

역시 돈 문제다. 어른들 싸움은 돈만 있으면 해결될 일들이 참 많다. 나는 풀이 죽어서 내 방으로 돌아온다. 조금만 늦게 들어올 걸. 차라리 몰랐으면 좋았을 사실들을 너무 많이 알게 된 것 같다. 그러니까 종합적으로 판단해 보았을 때 우리 부모님이 가진 거라곤 코딱지만 한 이 집 하나뿐이고 이 집은 그나마 할머니 집이란다. 할머니가 돌아가셨으니 그걸 반으로 나눠서 삼촌한테 줘야 하는 게 법이고……. 우리 엄마 아빠 참 머리 아프게 생겼다. 안 그래도 재개발 때문에 속이 시끄러울 텐데 말이다.

그나저나 엄마 아빠는 어떻게 따로 모아 둔 재산 같은 것도 없냐. 내가 보기에 그래도 열심히 사시는 것 같더니만……. 그러게 사람은 겉만 봐서는 모르는 거다. 집에서 빈둥거리며 노는 것처럼 보이는 영재가 1등을 하고 하루 종일 책상 앞에 앉아 있는 내 성적이 그 모양인 걸 생각하면 이해 못할 것도 없다.

교복을 벗고 바닥에 벌렁 드러눕는다. 양호실에서 하루 종일 누워만 있었는데도 온몸이 나른하니 피곤하다. 좀 쉬려고 하는데 엄마가 야참을 먹으라고 소리쳐서 후다닥 뛰쳐나간다. 밤중에 어딜 나가려는지 아빠가 검정색 양복에 검정 넥타이를 매고 현관 입구에 서 있다.

"아빠, 오늘은 가지 마. 지금 나가면 다쳐!"

엄마 아빠는 물론 야참 먹으러 나온 영재까지 모두들 놀라서 입을 벌리고 나만 쳐다본다. 그중에서 가장 많이 놀란 사람은 당연히 나, 조은재다. 내 입에선 계속해서 엉뚱한 말이 쏟아져 나온다.

"내일 가. 내일 가면 괜찮아."

"조은재 너, 아빠한테 그게 무슨 말버릇이야?"

얼굴이 새파래진 엄마가 소리친다.

"내가 뭘 어쨌다고······."

엄마가 화를 내는 게 당연하지. 내가 말해 놓고도 이건 무슨 걱정 많은 엄마가 아들한테 하는 말처럼 들린다.

"신경 쓰지 말고 어서 가 봐요. 대전까지 가려면 서둘러야겠네."

"그래, 갔다 올게. 모레가 발인이니까 내일 아침에나 돌아올 거야."

"우산 안 가져가요?"

엄마가 현관 신발장에서 우산을 꺼내 들고 총총걸음으로 아빠 뒤를 따라나선다. 나는 엄마가 현관문 앞에서 아빠에게 하는 소리를 다 듣는다.

"가서 오랜만에 친구들도 만나 보고 이왕이면 취직자리가 있나 슬쩍 한번 물어봐요. 무슨 일이든 하겠다고 하면서······."

"알았어. 당신이 말 안 해도 내가 다 알아서 해."

그렇게 말하고 집을 나선 아빠였는데······.

나는 지금 병원에 와 있다. 야참을 먹고 난 뒤 곧바로 잠이 들었는데 한밤중에 전화벨이 울렸다. 잠결에 엄마의 목소리를 들었고 엄마가 다급하게 방문을 열고 들어와 "은재야, 큰일 났다." 하는 소리를 들었다. 대충 옷을 주워 입고 택시를 타고 와 도착한 곳은 천안에 있는 한 정형외과다. 그러게 내 말을 들었어야지. 저 꼴이 뭐야, 저게…….

아빠 상태는 그다지 나쁜 건 아니라고 한다. 오른쪽 발목뼈에 금이 갔고 허벅지에 약간의 타박상이 있는 걸 제외하면 다른 곳은 모두 멀쩡하다. 그런데도 아빠는 엄마를 보자마자 울상이다.

"굿이라도 한 번 더 하든지 해야지……."

엄마는 어린아이처럼 잔뜩 겁에 질린 아빠를 보더니 혼잣말로 중얼거린다. 속았다고 할 때는 언제고 또다시 굿 타령이람. 굿을 한다는 말에 갑자기 내 머리가 아파 온다. 이렇게 심한 두통은 난생처음이다. 아빠 침대 옆에 있는 간이 의자에 털썩 주저앉는다.

"은재 어디 아프냐?"

아빠가 걱정스러운 듯 물어 온다.

"많이 놀라서 그럴 거예요. 그래도 은재가 아빠 생각은 제일 많이 하는데……."

"조은재, 아빠 괜찮다. 금방 일어날 거야."

그래야죠, 아빠. 문제는 아빠가 아니라 나라고요. 착잡한 심경으로 창밖에 서 있는 나무를 본다. 간신히 나뭇가지에 매달려 있던 잎새 하나가 살랑거리며 떨어져 내린다. 요즘은 내가 가는 곳마다 '마지막 잎새'가 있다. 이거 별로 기분이 좋지 않다.

엄마는 아빠와 같은 차를 타고 떠났던 아빠 친구를 찾아가 인사를 나누는 중이다. 9인승 카니발에 다섯 명인가 타고 있었다는데 다친 사람은 아빠와 아빠 옆자리에 탔던 아저씨랑 둘뿐이다. 그렇게 재수 없는 날은 친구도 만나면 안 된다. 본의 아니게 피해를 주게 되니까. 빗길에 미끄러진 카니발 승용차는 뒷좌석 문짝만 약간 찌그러졌을 뿐이라고 한다.

바람을 쐬려고 병실에서 나온다. 병실 밖 남자 화장실에서 나오던 영재와 눈이 마주치자 둘 다 어색한 미소를 짓는다. 먼저 말을 건 사람은 영재다. 그러니까 이번 싸움에서 이긴 사람은 나다. 하지만 이제 와 그런 게 무슨 소용이 있담. 우리가 뭣 때문에 싸웠는지조차 기억나지 않는데.

오랜만에 영재와 같이 바람이나 쐬면서 그동안 못다 한 이야기 좀 하려는데 영재가 또다시 배를 움켜쥐고 화장실로 뛰어들어 간다. 과민성대장증후군도 참 피곤한 거구나. 새삼스럽게 영재가 안돼 보인다. 나는 영혼이 고달프지만 영재는 항문이 고달프다. 고달픈 인생끼리는 싸우지 말아야지…….

병원 복도에 혼자 남게 되자 다시금 잊고 있던 내 문제가 떠오른다. 그러니까 지금 나의 가장 큰 고민거리는 왜 내가 하는 말이 전부 다 현실로 나타나느냐는 것이다. 정말로 초능력이라도 생긴 건지 그게 아니면……. 나는 고개를 세차게 젓는다. 정신 차리라는 의미에서 내 손으로 내 한쪽 뺨을 살짝 때린다. 그런 말도 안 되는 일은 아예 생각지도 말아야 한다.

빗길에 차가 미끄러져서 사람이 다칠 확률은 얼마나 될까. 좀 높았으면 좋겠다. 그래서 내 말이 단지 확률에 의한 추론에 불과했다는 게 밝혀지면 내 마음도 편할 것 같다. 병원 휴게실에 앉아 자판기에서 뽑아 온 율무차를 홀짝거린다. 싸구려지만 맛이 괜찮다.

두통이 어느 정도 가라앉았을 때쯤 엄마가 휴게실로 들어섰다.

"너 영재 데리고 먼저 집에 가야겠다. 택시 태워 줄 테니까 갈 수 있지?"

엄마는 근심 가득한 얼굴로 지갑에서 지폐를 꺼내 내 손에 쥐여 준다. 이런 날은 돈 아까운 생각도 안 드나 보다.

"엄마, 너무 걱정하지 마. 곧 좋은 일이 생길 테니까."

또 이런다. 내 의지와 상관없이 튀어나온 말. 하지만 엄만 아빠 때문에 정신이 없어서인지 그냥 넘어간다.

"그래, 나쁜 일이 있으면 반드시 좋은 일도 생기는 게 인생이지. 그러니까 우리 힘내자."

어라, 엄마도 저런 말 할 줄 아네? 주먹을 불끈 쥐고 있는 엄마를 멀뚱히 쳐다본다.

"참, 그리고 은재 넌 나중에 집에 가서 엄마랑 얘기 좀 해."

엄마는 휴게실을 나가려다 말고 갑자기 나를 돌아보며 심각하게 말한다. 내가 알았다고 고개를 끄덕이는 걸 보고 엄마도 곧 병실로 돌아간다. 엄마가 무슨 얘길 하려는지 대충 안다. 그런데 엄

마, 나도 나를 잘 모르겠는데 어떻게 하지? 빈 종이컵을 휴지통
에 집어 던지고 나서 몸을 일으킨다.

3
마늘 목걸이와 십자가와 비둘기

로또에라도 당첨됐나? 헤벌쭉 웃고 있는 엄마 얼굴을 보니 어디서 돈벼락이라도 맞았나 보다. 나한테 할 얘기가 있다더니 그건 까맣게 잊은 것 같다.

"그러게, 힘들어도 보험은 절대로 깨면 안 된다고 했죠? 비싼 보험료 낸다고 당신이 허구한 날 잔소리했잖아. 당신 말 듣고 해약했으면 어떡할 뻔했어?"

엄마가 신나서 떠들어댄다. 소파에 앉아 있던 아빠는 깁스한 발목이 가려운지 손가락을 넣어 긁적이고 있다.

"여보, 이 돈 다 떨어지면 나 좀 때려 줘요. 병원에 입원하고 보험금이나 타 먹게."

그렇게 말해 놓고 엄마는 자신이 엄청나게 우스운 농담을 했다는 듯이 까르르 웃음을 터뜨린다. 그런 엄마를 바라보는 아빠의 표정이 말할 수 없이 복잡하다. 비웃는 것도 아니고 엄마 말에 동조하는 것도 아닌 쓰디쓴 저 미소. 어쩐지 그런 아빠의 심정을 나는 알 것 같다.

자기 혼자만 웃고 있다는 사실을 뒤늦게 알아차린 엄마가 갑자기 입을 다문다. 하지만 그 다물어진 입술 끝에는 아직 처리하지 못한 만족스러운 미소가 걸려 있다. 돈이 얼마나 좋으면 저럴까 싶다.

일주일 전까지만 해도 엄마는 얼마 남지 않은 생활비 걱정을 하느라 걱정이 태산이었다. 아빠가 회사를 그만둔 이후로 우리 집 경제 사정이 급속하게 나빠졌던 것이다. 그런데 이번 일로 석달치 생활비에 가까운 보험금이 나왔으니 당분간은 돈 걱정 없이 아빠만 보살피면 되겠다며 저렇게 좋아하는 것이다. 어쨌거나 우리 집에 모처럼 좋은 일이 생겼으니 내 기분도 살짝 좋긴 하다.

"엄마, 그럼 우리 오늘 저녁 치킨 시켜 먹으면 안 될까?"

아까부터 엄마 눈치를 살피던 영재가 입을 연다. 엄마는 갑자기 표정을 싹 바꿔 영재를 노려보더니 한참 뒤 배시시 웃고 만다.

"그래, 그까짓 닭…… 시켜 먹자!"

아빠와 영재가 놀라서 서로를 바라보더니만 갑자기 박수를 치고 난리다.

"자, 여러분. 오늘은 치킨 파티가 있겠습니다!"

얼쑤. 짠순이 우리 엄마 완전 기분 업 됐다. 돈이 좋긴 좋은 것 같다. 사람을 저렇게 바꿔 놓으니 말이다. 조금 전까지 아무런 의욕이 없어 보이던 영재는 벌써 밥상을 가져와서 거실 한복판에 펴고 있다. 아빠도 치킨집 전화번호를 찾느라 전화번호부를 뒤적인다. 닭 한 마리가 사람을 이렇게 적극적으로 만들 수 있다니. 이래서 우리나라에 치킨집이 그렇게 많은가 보다. 엄마는 팔짱을 낀 채 그런 아빠와 영재를 흐뭇한 시선으로 바라보고 있다. 마치 자신이 오늘 파티의 주인공이라도 되는 것 같은 얼굴이다. 지금 내가 궁금한 건, 보험금 타서 치킨 시켜 먹는 사람이 우리 말고 또 누가 있을까, 하는 것이다.

엄마 아빠 그리고 영재와 나, 우리 네 식구가 모처럼 나란히 소파에 앉아 닭을 기다린다. 거실 한가운데 빈 밥상이 덩그러니 놓여 있고 아빠는 10분에 한 번꼴로 치킨집에 전화를 걸어 닭이 출발했는지 묻는다. 영재도 초조한 낯빛으로 연신 현관문을 힐끔거린다. 엄마는 약간 후회하는 눈치다. 나로 말할 것 같으면, 인간이 어떻게 닭을 튀겨 먹을 생각을 했을까, 생각하는 중이다.

"에잇, 그냥 취소해 버려?"

아빠가 홧김에 그렇게 말했을 때, 초인종이 울렸다. 발바닥에 엔진이라도 달린 것처럼 영재가 쏜살같이 앞으로 튀어 나간다. 엄마는 침착하게 인터폰으로 대문을 열어 주고 난 뒤 지갑에서 돈을 꺼내 온다.

현관문이 열리고 드디어 모두가 기다리던 닭이 오셨다. 우리집 분위기상 닭 님이라고 해야 하겠지만 그렇게까지는 하고 싶지 않다. 아빠와 영재는 벌써부터 침을 꼴깍 삼키며 배달부가 닭을 바닥에 내려놓는 것을 지켜본다.

"아, 닭 한 마리 튀기는데 왜 이렇게 오래 걸려요?"

아빠는 꼭 한 번 그렇게 해 보고 싶었던 사람처럼 거들먹거리며 바닥에 있던 닭을 들어 올린다.

"죄송해요. 주문이 많이 밀려서……."

어디서 많이 들어 본 듯한 목소리다. 나는 닭 배달해 온 사람 얼굴 좀 자세히 보려고 영재를 밀치고 앞으로 나간다. 모자를 깊이 눌러쓰긴 했지만 분명 내가 아는 얼굴이다.

"혹시, 한세영……?"

"아는 누나야?"

닭값을 내려고 옆에 서 있던 영재가 한세영을 보며 묻는다. 내가 뭐라고 하기도 전에 한세영은 영재에게서 낚아채듯 닭값을 받고는 얼굴을 붉히며 나가 버린다. 그제야 나는 작년에 상가 건물 1층에 새로 생긴 치킨집이 한세영네 집이라고 했던 은혜 말이 떠오른다. 기집애, 아무리 쪽팔려도 문은 닫고 가야 할 거 아니야.

"뭐 해? 빨리 안 오면 우리가 다 먹어 치운다."

현관문을 닫고 돌아서자마자 아빠가 다급하게 소리친다. 어지간히도 급한가 보다.

우리는 밥상에 펼쳐 놓은 닭을 보며 잠시 동안 침묵에 빠진다. 고소한 튀김 냄새가 거실에 가득하다. 그래도 누구 하나 선뜻 손을 내밀어 닭을 집으려 하지 않고 거실에는 경건한 분위기마저

감돈다. 이 닭이 어떤 닭이냐. 우리 식구가 2년 만에 처음 시켜 먹어 보는 닭이고 우리 아빠가 발목뼈에 금이 가는 희생을 치르고 먹게 된 닭이다. 아마도 이 순간만큼은 모두가 같은 생각을 하고 있었을 것이다. 아니면 말고.

먼저 침묵을 깨뜨린 사람은 영재다. 영재는 도저히 참을 수 없다는 얼굴로 절임 무 하나를 슬쩍 입안에 집어넣고 아삭아삭 깨문다. 그 소리가 하도 커서 메아리까지 들려올 정도다.

"왜 안 드세요?"

드디어 엄마가 입을 열었다.

"하, 이거…… 어디서부터 먹어야 할지 모르겠네……."

아빠는 두 손을 맞잡고 비벼대더니 슬그머니 다리 한 개를 집어 든다. 이미 마음속으로는 다리 하나를 점찍어 두었으면서 그렇게 말하는 아빠의 저의를 모르겠다.

절임 무 하나를 꿀꺽 삼킨 영재가 재빨리 남은 닭 다리를 집어 들자 엄마가 손등을 탁 내려친다.

"찬물도 위아래가 있는 거야."

엄마가 턱짓으로 나를 가리킨다. 세상 오래 살고 볼 일이다. 영재는 거의 울 것 같은 얼굴로 남은 다리 한 개를 내게 양보하고 날개를 집어 든다. 엄마도 날개를 집는다.

일단 먹기 시작했을 때는 아무도, 아무 말도, 하지 않는다. 우리 식구가 다 모였을 때 이렇게 오래 조용했던 적이 있었던가. 나는 너무도 눈물겨운 심정으로 영양 만점 닭고기를 조용히 재빠르게 섭취한다. 마지막 남은 절임 무 하나는 아빠가 먹어 치운다.

상을 치우려고 보니 버릴 수 있는 뼛조각이 몇 개 되지 않는다. 아마도 영재와 아빠 둘 중 한 사람이 뼈까지 씹어 삼킨 모양이다. 진짜 상종 못할 인간들이다.

"하나 더 시켜 먹을 걸 그랬지?"

어느새 소파 하나를 다 차지하고 비스듬히 누워 있던 아빠는 천장을 향해 입맛을 쩝쩝 다시며 혼잣말처럼 중얼거린다. 엄마는 그런 아빠를 눈이 찢어져라 노려보더니 가계부 쓴다며 닦아 놓은 밥상을 다시 편다. 영재는 벌써 두 번이나 화장실을 들락거리는 중이다. 과민성대장증후군, 그거 전염성인가? 이상하게 내 배도 슬슬 아파 온다.

"그러게 송충이는 솔잎을 먹어야 하는 거야!"

할머니가 자주 하시던 말이다. 오늘따라 그 말이 새삼 가슴 깊이 와 닿는다. 영재가 화장실에서 나오길 기다렸다가 부리나케 화장실로 뛰어들어 간다. 내 입으로 이런 말 하긴 뭣하지만, 하마터면 쌀 뻔했다. 힘을 주고 말 것도 할 것 없이 죽죽 쏟아져 내린다. 수위를 조절하느라 이를 악문다. 영양 만점 닭이 설사 만점으로 바뀌었다.

"이것들이 기껏 먹여 놨더니 설사를 해? 좀 참아 봐. 돈 아까운 생각도 안 드니?"

역시 우리 엄마다. 영재와 나는 배 아파 죽겠다는데 이 마당에 돈 걱정이나 하다니. 배를 움켜쥐고 나오는 영재에게 바통을 이

어받듯 화장실 문을 연다. 그리고 또 내 입으로 말하기 뭣한 그 동작이 몇 번이고 되풀이된다.

"그러게 송충이는 솔잎을 먹어야 한다고 했지?"

변기통에 앉아 있는데 할머니 목소리가 들린다. 배가 너무 아 픈 나머지 이제는 환청까지 들리나 보다. 할머니, 나 송충이 아니 거든요. 그러니까 제발 그만 좀 하시라니까요!

☙

뭔가 부스럭거리는 소리가 들린다. 바깥이 아니라 내 방 안에 서. 나는 주기도문을 열 번쯤 외우고 찬송가도 기억나는 대로 모 조리 부른다. 이럴 줄 알았으면 부엌에 있는 마늘이라도 가져다 문 앞에 걸어 놓을 걸 그랬다. 안방에 십자가 있는데 지금이라도 가서 가져올까?

숨을 깊게 내쉰 다음 이불을 걷고 방 안을 살핀다. 역시…… 내 가 잘못 들은 걸 거야……, 하고 생각했는데.

"엄마야!"

너무 놀라 심장이 배 밖으로 튀어나올 뻔했다. 간신히 정신을 추스르고 다시 한 번 살펴봐도 할머니다. 돌아가시기 전과 똑같 은 모습으로 내 책상 밑에 앉아 내 얼굴을 똑바로 쳐다본다.

나는 내 볼을 세게 꼬집어 본다. 아픈 거 보니 꿈은 아니다. 아 니, 꿈에서라도 아프지 말라는 법은 없잖아? 그래, 꿈일 거야.

21세기에 어떻게 이런 일이 있을 수 있냐? 두 눈을 주먹으로 마구 비벼 본다. 그러고 나서 다시 한 번 책상 밑을 살핀다. 오마이 갓! 나무아미타불!

그길로 나는 안방까지 한달음에 달려가 엄마 아빠가 나란히 누워 있는 이불 속으로 직행한다.

"에그머니나! 이게 누구야?"

엄마가 놀라서 묻고 아빠는 벌써 이불을 들추고 속을 들여다 본다. 어둠 속에서 빼꼼히 눈만 내밀고 떨리는 목소리로 간신히 말을 잇는다.

"있잖아……. 저기, 내 방에…… 할머니가 나타났어!"

그렇게 말하고 다시 이불 속으로 들어가 꼼짝도 하지 않는다.

"얘가 자다가 웬 귀신 씻나락 까먹는 소리야? 다 큰 애가……. 빨리 네 방으로 가지 못해?"

지금 이 순간, 엄마의 앙칼진 목소리도 소용없다.

"은재가 또 악몽을 꿨나 보구나. 조금만 더 있다가 네 방으로 가서 자거라."

아빠가 그렇게 말해도 다 소용없다. 나는 절대로 안 가겠다는 표시로 고개를 세차게 젓는다.

"얘가 정말 왜 이래. 안 하던 짓을 다 하고……."

엄마가 이불을 확 들추고 나를 내려다본다. 침대 옆에 놓인 스탠드의 불빛이 엄마 얼굴을 은은하게 비추고 있다. 근데 이분들은 여태 잠 안 자고 뭐 하고 있었던 거지?

"엄마, 부탁인데 오늘 하루만 여기서 자게 해 줘. 내 방에 진짜 할머니 있다니까. 못 믿겠으면 가 봐."

"너, 거짓말인 거 밝혀지면 진짜 혼날 줄 알아."

침대에서 일어난 엄마는 잠옷 자락을 휘날리며 성큼성큼 내 방으로 간다. 나는 아빠 옆에 누워 엄마가 무사히 돌아오기만을 빈다.

"야, 조은재! 여기 할머니가 어디 있다고 그래? 너 정말 먼지 나게 맞아 볼래?"

무정한 엄마는 그렇게 말한 다음 안방에 있는 나를 질질 끌다 시피 해서 내 방에 던져 놓고 방문을 닫아 버린다. 온몸이 얼어 붙은 채로 서 있다가 책상 밑을 살핀다. 내 머리카락 한 줌만 먼 지처럼 뒤엉켜 있을 뿐 거기엔 아무도 없다. 정말 꿈이라도 꾼 걸 까? 다리에 힘이 풀려 더 이상 서 있을 수도 없다. 이러다 정말 제 명에 못 살지.

겨우 이불 속까지 기어 들어가서 이불을 머리끝까지 뒤집어쓰 고 열심히 주기도문을 외운다. 내일은 무슨 일이 있어도 마늘과 십자가를 가져다 내 방에 두어야겠다.

외국에서는 비둘기의 간이 귀신을 쫓는다는 미신이 있다던데 내일 시청에 가서 비둘기도 잡아 올까? 이 마당에 가릴게 뭐 있 냐. 은혜한테 같이 가자고 해야지. 이 생각 저 생각 하다 겨우 잠 이 든 것 같은데……

아침에 눈을 뜨자마자 책상 밑을 다시 한 번 본다. 먼지 하나까지 내 눈으로 일일이 확인해야 직성이 풀릴 것 같다. 머리카락 한 줌이 발에 밟히자 그것도 주워서 확인해 본다.

근데 어째 머리카락 색깔이…… 희다! 이것도 희고 저것도 희고……. 나는 덜덜 떨리는 손으로 주워 모은 흰 머리카락을 잠옷 주머니 속에 집어넣는다. 그러곤 곧장 거울 앞에 서서 나한테도 흰머리가 있는지 확인해 본다. 불행하게도 흰 머리카락은 단 한 올도 보이지 않고 눈 밑 다크서클만 또렷하게 보인다.

울고 싶은 심정을 억누르고 간신히 화장실로 가서 세수하고 나온다. 그러고는 아침 먹으라는 엄마 말에 대꾸도 하지 않고 내 방으로 와서 교복을 입는다. 밤새 또 키가 자랐나? 교복 스커트가 껑충하니 무릎을 덮지 못한다. 난 아무래도 밤마다 키가 자라는 저주를 받은 애 같다.

이렇게 자라다가는 하느님 만날 날도 얼마 남지 않았겠다. 이래저래 기분만 꿀꿀하다. 오늘 같은 날 그냥 쉬면 안 되나. 하지만 그건 안 될 말이다. 비둘기는 어쩌고. 은혜를 만나기 위해서라도 학교에 가야 된다.

아침 괜히 굶었다. 그냥 먹고 올 걸 그랬다. 아직 1교시도 안 끝났는데 벌써부터 배가 고프다. 이럴 때일수록 잘 먹어야 하는 건데. 그런데 갑자기 은혜 얼굴이 보인다. 진짜 보였다는 얘기가 아니고 삼촌이 그랬던 것처럼 내 머릿속에 잠깐 등장했다 사라졌다는 말이다. 은혜한테 무슨 일 있으려나?

은혜가 앉아 있는 3분단 쪽으로 고개를 돌린다. 은혜는 말똥말똥한 얼굴로 작문 선생님 얼굴만 쳐다보고 있다. 기집애, 오늘따라 열공 중이셔. 나는 우울한 마음을 달래 보려고 창밖으로 시선을 돌린다. 플라타너스 나뭇가지에 초록색 잎이 무성하다.

"조은재!"

깜짝이야. 무슨 여자 목소리가 저렇게 크냐. 엉거주춤 자리에서 일어나 작문 선생님 얼굴을 살핀다. 보아하니 저 선생님 올해 안에도 결혼하기 틀렸다. 가만있어 보자. 그럼 언제쯤이면 남자가 생기려나……. 눈을 게슴츠레 뜨고 작문 선생님 관상을 살핀다.

"누가 일어나랬니? 기분 나쁘게. 냉큼 네 자리에 앉아."

앙칼진 목소리에 화들짝 놀란 나는 다시 정신을 차리고 엉거주춤 자리에 앉는다.

"조은재, 너 지난번에 내준 작문 숙제 왜 안 냈니? '사춘기'를 소재로 짧은 소설 한 편씩 써내라고 했는데. 너희 반에서 너만 제출 안 한 거 몰라?"

그런 숙제가 있었나? 처음 듣는 소리다. 그건 그렇고 우리가 소설이나 쓰고 앉았을 만큼 그렇게 한가한 줄 아나 보다. 작문 선생님은 현실을 몰라도 너무 모른다. 그러니까 여태 시집도 못 가고 여기서 이러고 있는 거다.

"왜 대답 안 해? 너 벙어리야?"

명색이 작문 선생님이라는 분이 장애인을 폄하하는 단어를 저렇게 마구 써도 되는 건지는 모르겠다. 아무튼 내가 벙어리가 아

넌 이상 이 부분에서는 무슨 말이라도 해야 한다. 안 그럼 노처녀 히스테리 감당 못한다. 근데 내 입에서 무슨 말이 튀어나올지 몰라 입 열기가 무섭다.

"그래, 나랑은 말도 안 하겠다, 이거니?"

"……."

안 그래도 감정이 지나치게 풍부한 작문 선생님은 얼굴이 새파래져서 폭발하기 일보 직전이다.

"너…… 지금, 나 시험하니……?"

이럴 땐 그저 입 꾹 다물고 작문 선생님 스스로 감정을 추스를 때까지 기다려야 한다.

공포의 침묵이 이어지는 가운데 조심스럽게 책장 넘기는 소리만 들린다. 십중팔구 재수 없는 박소희가 이 짧은 순간에도 저 혼자 공부하겠다고 책장을 넘겨 보는 소리일 거다.

"좋아. 오늘은 내가 참는다. 대신 조은재 넌 벌을 받아야 해. 이의 없지?"

화장실 청소 끝난 지가 엊그제 같은데 당연히 이의 있다. 하지만 차마 내 입으로 말할 수 없어서 그저 죄인처럼 고개만 숙이고 작문 선생님의 판결만 기다린다.

"조은재 너 혼자만 다음 주 이 시간까지 '우리 집'이란 주제하에 작문을 써 오도록 해. 오늘 배운 내용을 토대로 가족에 대한 묘사와 집안 풍경, 그리고 너의 솔직한 느낌까지 글에 담아서. 읽어 보고 진실성이 없다고 판단되면 다시 써 오게 할 테니까 그렇게 알고. 다른 애들은 숙제 없어. 그러니까 기말고사 시험 준비나 철저히 하도록. 자, 그럼. 오늘 수업은 여기까지!"

숙제가 없다는 말에 다른 아이들이 책상을 두드리며 환호한다. 의리 없는 것들. 같은 반 친구가 곤경에 처하건 말건 지들만 숙제 없으면 된다, 이거지.

나는 쿵 소리가 나도록 머리를 책상 위에 처박고 엎드린다. 눈 밑 다크서클만 더 진해지게 생겼다. 그건 그렇고 은혜한테 시청에 가자고 말해야 하는데. 그렇지만 생각대로 몸이 움직여지질 않는다. 만사가 다 귀찮다.

"애들아, 오늘 김은혜가 쏜대!"

이건 또 무슨 소리냐 싶어 고개를 드는데 자기 자리에 앉아 있던 은혜 역시 얼떨떨한 얼굴로 4분단 뒷자리에 앉아 있는 한세영을 바라본다. 한세영 앞에는 벌써 그 일당이 책상을 에워싸고 있다.

"김은혜! 이제라도 싫으면 싫다고 말해."

내가 자신을 쳐다보는 걸 의식한 한세영이 일부러 더 크게 은혜에게 묻는다. 걔는 자기 쪽팔린 걸 이런 식으로 갚으려나 보다. 내가 유일하게 가깝게 지내는 사람이 김은혜라는 걸 한세영이 모를 리가 없으니까. 한세영 잔당들은 은혜와 한세영 얼굴을 번갈아 쳐다보며 싱글벙글 웃고 있다. 저 썩을 놈의 미소.

"으, 응, 안 그래도 오늘 용돈 탔어……."

은혜는 마지못한 듯 자기가 쏘겠다고 나서고 한세영 일당은 서로 하이파이브를 하고 난리다. 대체 은혜는 왜 저런 돼지 같은 유도부 애들한테 끌려다니는지 모르겠다. 1학년 때 왕따당한 경험이 있다더니 그것 때문에 그런 걸까? 그렇지만 왕따가 뭐 어때서. 나라면 저런 찌질이 일당과 친구 하느니 차라리 혼자 노는 편을 택하겠다. 혼자 노는 것도 나름 재미있는데.

무엇보다도 친구들끼리 삼각관계니 사각관계니 하는 것 때문에 골치 아플 일도 없고 하기 싫은 것을 억지로 하지 않아도 된다. 나는 누가 나한테 친하게 지내자고 할까 봐 겁나는데 은혜는 집안에 친구 못 사귀어서 죽은 조상이 있나 보다.

은혜가 책가방에서 지갑을 꺼내 교복 스커트 주머니에 집어넣는다. 한세영은 팔짱을 낀 채 은혜가 가까이 다가오기를 기다렸다가 자리에서 일어나 교실 밖으로 나간다. 그러자 잔당들이 그 뒤를 따르고 은혜가 맨 뒤를 따라간다.

한세영 일당이 매점으로 사라지고 나자 교실 안은 생각보다 조용하다. 몇몇 아이들이 무리를 지어 조용히 수다를 떨고 있는 것을 제외하면 떠드는 아이들보다는 책을 보거나 책상에 엎드려 잠자는 애들이 더 많다. 지금이라도 달려가 은혜를 데리고 올까? 그러면 지금 당장은 괜찮을지 몰라도 나중엔 틀림없이 한세영이 더 노골적으로 은혜를 괴롭힐 게 뻔하다.

그런 바보 같은 짓은 하지 않는 게 좋겠다. 마음속으로 결론을 내리고 나서 책상에 엎드린다. 모자란 잠이나 자야겠다. 내가 지금 남 생각하게 생겼냐. 내 문제만으로도 머리가 터질 것 같은데.

'사람들은 모두 각자의 인생을 살고 있는 것뿐이야.'

그 뒤에 무슨 말인가 더 있었던 것 같은데 그건 기억나지 않는다. 어쨌든 이것 역시 할머니 어록에 들어 있는 말이다. 그래, 할머니 말대로 어차피 다 각자의 인생이 있는 거다.

❧

벌써 일주일째다. 나도 더 이상은 못 참는다. 내 눈 밑 다크서클은 이제 최첨단 레이저광선을 쏘아도 복구가 불가능할 만큼 검고 양 볼엔 없던 기미까지 내려앉았다. 그래도 나름 귀여운 외모라고 자부했는데 일주일 새 완전 진상 됐다.

학교에선 부족한 잠 자느라 허구한 날 선생님들한테 찍히고 집에서도 엄마한테 찍혀서 천덕꾸러기 신세다. 하긴 내가 엄마라고 해도 밤마다 자기 침실로 불쑥불쑥 쳐들어오는 딸 안 반가울 것 같다.

아침에 늦게 일어나 대충 교복 갈아입고 학교까지 걸어서 가면 수업 시작도 하기 전에 벌써 물먹은 솜처럼 지쳐서 책상에 엎드려 버린다. 은혜는 그런 내 눈치를 살피다 이젠 아예 가까이 오지도 않는다. 걔는 요새 돈을 물 쓰듯 쓴다는 소문이 있다.

하지만 그건 내 알 바 아니다. 걔가 그러거나 말거나 상관하지 않기로 마음먹었으니까. 그래도 약간 걸리는 게 있다면 은혜의 비밀을 한세영이 알게 된 후로 두 사람 관계가 그렇게 되었다는 소문이다. 사람이 어떤 사람에게 무조건 순종할 때는 다 그럴 만

한 이유가 있는 거지.

다른 사람의 비밀과 약점을 갖고 놀리는 것도 좋지 않지만 그렇다고 거기에 끌려다니는 은혜도 참 한심하다. 비밀이나 약점은 감추려고 하면 할수록 더 수면 위로 떠오르는 거라고 우리 할머니가 그랬다. 비밀은 스스로 깨면 되고, 약점은 극복하면 될 텐데.

물론 쉽지 않은 일이라는 건 안다. 그래도 한세영에게 잘 보이려고 노력하는 것보다는 백배 쉬울 것 같다. 어쨌거나 그것 역시 내 알 바 아니다. 한번 상관하지 않기로 했으면 끝까지 모른 척하는 거다. 지금은 나 자신을 추스르는 것만도 벅차다.

며칠 전에는 밤중에 자다 일어나 부엌에서 찬밥 남은 걸 먹다가 엄마한테 들켜 한바탕 난리가 났다. 그건 돌아가신 할머니가 치매에 걸렸을 때 자주 하시던 짓이다. 경악한 엄마는 이번 주 금요일 오후에 정신과 상담을 받아 보자며 벌써 예약까지 해 놓았다고 한다. 찬밥 남은 것 좀 먹은 게 뭐 어때서.

두 팔과 두 다리가 묶인 채 정신병원에 갇혀 있는 내 모습을 상상해 본다. 보이는 건 하얗고 커다란 벽뿐이고 간호사가 시간 맞춰 약을 주사하러 들르는 것을 빼면 방문객도 없다. 그렇게도 먹고 싶던 폭찹 스테이크도 영원히 먹을 수 없게 되고 꼬부랑 할머니가 될 때까지 흰죽만 먹으며 거기서 살다가 죽는 것이다.

훌쩍. 눈가에 맺힌 눈물을 닦아 낸다. 이대로 정신병원에 끌려갈 수만은 없다. 이제 겨우 16년밖에 살지 않았는데. 나는 겁도 없이 이불을 확 걷어 젖히고 주위를 살핀다. 까짓, 죽기 아니면

까무러치기다.

"할머니, 거기 계신 거 다 알아요. 숨어 계시지 말고 나와서 나랑 얘기 좀 해요!"

나 지금 제정신 아니다. 맨 정신으로 이런 말 할 수 있는 사람 있으면 나와 보라지.

"좋아요. 엄마한테는 비밀로 할게요. 그러니까 나랑 얘기 좀 해요. 숨바꼭질 그만하고 담판을 짓자고요!"

어째 조용하다. 분명히 아까 책상 밑에 있는 거 봤는데. 혹시 저것 때문에……? 나는 후닥닥 일어나서 방문 앞에 걸어둔 마늘 목걸이와 십자가를 떼어 내 책상 서랍 속에 집어넣는다. 머리맡에 놓아두었던 성경책과 찬송가도 한쪽으로 치운다.

"보세요, 다 치웠어요. 그러니까, 이제, 나오셔도 돼요……."

엄마야! 순간 숨이 멎을 뻔했다. 나오라고 진짜 나오냐. 나는 눈을 한 번 질끈 감았다 뜬다. 심장이 아직 뛰고 있으려나? 가슴에 손을 대 본다. 좀 빠르긴 하지만 제대로 작동하고 있는 것 같다. 죽지 않고 살아 있는 내가 기특하다. 천하의 조은재, 장하다!

"아, 안녕하세요……?"

하, 이건 완전히 무슨 공포 영화의 한 장면 같다. 그런데 생각했던 것보다는 무섭지 않다. 우리 할머니라서 그런가?

할머니는 돌아가시기 전에 입고 있던 통 큰 고무줄 바지를 그대로 입고 계시다. 헐렁한 꽃무늬 티셔츠는 그동안 빨지 않아서 조금 더러워진 것 같기도 하고 쪽 찐 머리에 은색 구리 비녀를 꽂고 계신 것도 여전하다. 주름살도 그대로 있고 손등에 있는 검버섯도 똑같다. 좀처럼 속마음을 알 수 없는 무뚝뚝한 표정도 그대로다. 이제 보니 무뚝뚝한 게 집안 내력인가 보다.

"네? 뭐라고요?

책상 앞으로 좀 더 다가간다. 할머니 목소리는 나밖에 들을 수 없는데 그것도 웬만큼 집중하지 않으면 잘 들리지가 않는다. 할머니 말에 의하면 웅덩이에 미끄러질 때 성대를 다쳐서 그런 거란다. 하여튼 할머니가 좀 더 가까이 오라고 손짓해서 나는 그렇게 했다.

"……그게 나랑 무슨 상관이에요? 할머니가 사람을 찾건 말건 난 몰라요. 그러니까 지금이라도 다른 사람 알아보세요. 난 절대 할머니한테 내 몸 빌려줄 수 없으니까."

할머니는 이미 돌이킬 수 없는 일이라며 완강히 버틴다. 고집 센 할머니다. 하지만 나 역시 고집이라면 누구한테도 지지 않는다. 오죽하면 우리 엄마가 나더러 고무 타이어보다 더 질긴 애라고 했을까.

"이게 말이나 되는 소리예요? 지금 제가 할머니하고 마주 앉아 이렇게 얘기하는 것 자체가 말이 안 되는 거라고요. 어쨌든 전 한번 안 된다면 죽어도 안 돼요. 그러니까 더 이상 저 못 살게 굴지 마시고 그만 돌아가세요."

그렇게 말하고 난 뒤 돌아앉는다. 이제 내 의사는 분명히 전했으니 할머니의 선택만 남았다. 아니, 선택이고 뭐고 할 것도 없이 이건 절대 안 되는 일이다. 비록 키만 껑충한 말라깽이 계집애라고 놀림을 받을지라도 내 몸은 소중하다. 귀신한테 내어 줄 만큼 그렇게 허술한 몸이 아니란 말이다.

나는 아예 눈을 딱 감아 버린다. 하지만 할머니가 쉴 새 없이 무슨 말인가를 중얼거려서 귓속이 다 웅웅거린다. 할머니가 순순히 물러나지 않을 거라는 건 어느 정도 예상한 일이다. 분명한 것은 이제 더는 할머니가 무섭지 않다는 것이다.

할머니는 치매 걸리기 전까지만 해도 내 방 청소도 해 주고 내 속옷도 빨아 줬다. 엄마 몰래 용돈도 줬다. 지금은 기억나지 않지만 그 밖의 다른 사소한 일들을 할머니 도움으로 해결한 적도 많다. 생각해 보면 꽤 괜찮은 할머니였다. 그러니 너무 오랫동안 날 괴롭히지는 않을 거다. 아마 일주일도 못 가서 포기하고 돌아가실지도 모른다.

긴 밤이 지나고 새벽이 왔다.

누군가 내 이마 위에 펄펄 끓는 냄비를 올려놓은 것처럼 뜨겁다. 그런데도 으슬으슬 몸이 추운 게 딱 감기 몸살이다. 엄마를 애타게 불러 보지만 대답이 없다. 자기 딸은 귀신한테 잡혀가든 말든 잠이나 자고 있겠다, 이거지. 대체 아침은 언제 오려는 거야…….

"조은재, 너 지금 가도 지각이야!"

엄마 목소리에 놀라 눈을 떠 보니 드디어 아침이다. 나는 힘없이 자리에서 일어나 거실로 나간다. 그리고 기어들어 가는 목소리로 말한다.

"나 아파서 학교 못 갈 것 같아."

분주히 아침상을 차리던 엄마가 뒤돌아본다.

"뭐? 아프다고? 천하의 박치기 선수 조은재가 말이니?"

또 남의 아픈 과거 건드리신다. 성격 참 나쁜 엄마다. 내 보육원 시절의 일을 들먹이는 건 엄마로서 할 짓이 아니다.

"이 기집애가…… 아프긴 뭐가 아프다고 그래? 열도 하나도 없구먼."

성격 나쁜 분이 한 말이라 믿을 수가 없다. 그래서 내 손으로 내 이마를 다시 만져 본다. 미지근하다. 분명히 뜨거웠었는데.

"이상하다. 나 정말 아팠었는데."

"야, 안 통해. 너 학교 가기 싫어 엄살 피우는 게 한두 번이야? 얘가 날 바보로 알아."

그러니까 사람은 평소에 거짓말하면 안 된다.

"빨리 씻고 나오기나 해!"

"……"

별수 없다. 엄마가 저렇게 나오니 학교 가야겠다. 실은 열도 내리고 해서 별로 아픈 것 같지도 않다. 약간 기운이 없긴 하지만.

마늘 목걸이와 십자가를 가방 깊숙이 집어넣고 대문을 나선다. 별 소용 없는 짓인 줄 알지만 그래도 하는 데까진 해 보는 거다. 우리 할머니가 조금이라도 싫어하는 게 있다면 그게 영재 똥이라고 해도 가지고 다닐 거다. 무거운 마음으로 교실로 들어서는데 어째 분위기가 심상치 않다. 여기저기서 쑥덕거리고 수군거리는 소리가 교실 밖까지 들릴 정도다.

자리에 앉아 책가방을 내려놓기도 전에 누군가 불쑥 내 귀에 대고 속삭인다.

"있지? 어제 특활 시간에 세영이 지갑이 없어졌대."

나는 고개를 옆으로 돌려 목소리의 주인공을 쳐다본다. 지금까지는 제대로 된 말 한마디 나눠 본 적 없던 짝꿍이다. 내 짝꿍이 이렇게 생긴 애였는지 오늘 처음 알았다. 나는 짝꿍 얼굴을 빤히 쳐다본다. 참 존재감 없게 생겼다.

"그래서 세영이가 어제 도둑 찾는다고 한바탕 난리쳤잖아. 몰랐니?"

당연히 모른다. 특활 시간에 나는 운동장에서 배드민턴 치고 있었다. 어울리지 않게 서예 활동을 선택한 한세영은 교실 안에 있었고.

"그래서 도둑은 찾았대?"

내가 관심을 보이자 짝꿍은 기다렸다는 듯 내게 착 달라붙어 귓속말을 속삭인다.

"있지. 도둑은 못 잡았는데 아마 김은혜가 가져갔을 거래……."

"뭐? 그게 무슨 소리야?"

나도 모르게 큰 소리를 내고 만다. 망치로 뒤통수 한 대 얻어맞은 것 같다.

"쉿! 이건 비밀이야. 소희가 그러는데 점심시간에 은혜가 세영이 자리에서 얼쩡거리는 걸 봤대. 걔 요즘 맨날 한세영 패밀리한테 먹을 거 사 줬잖아. 그 돈이 다 어디서 났겠니? 한세영네 패밀리 말이야. 학교 끝나면 보충수업까지 빼먹고 노래방까지 간다더라. 물론 그 돈도 다 김은혜가 냈대. 걔 세영이 꼭두각시라고 학교에 소문이 자자해."

"있지, 내가 사람 좀 볼 줄 알거든?"

실은 내가 아니라 할머니겠지만.

"그래서 하는 말인데 김은혜는 절대 아니야."

"피이, 걔가 아니라는 증거 있니?"

이 기집애 은근히 집요하다.

"그럼 넌, 은혜가 훔쳐 갔다는 증거 있냐?"

"증거가 없어도 알 수 있어. 다들 그렇게 생각하는데, 뭐. 한세영네 패밀리가 그런 재수 없는 애랑 놀아 주는 건 순전히 돈 때문이라고. 너무 웃기지 않니?"

짝꿍은 말끝마다 입술을 조그맣게 오므리는 버릇이 있나 보다. 방금 전에도 '웃기지 않니.' 하는 부분에서 입술을 닭똥집처럼 오므린다. 그 입술 한 대 때려 주고 싶게 얄밉다.

"어쨌든 이건 그냥 넘어갈 문제가 아니야."

"그냥 넘어가지 않으면?"

"도둑을 찾아야지."

"김은혜가 도둑이라면서? 그럼 일부러 찾을 것도 없잖아?"

"그러니까 너도 그렇게 생각하는구나?"

"좋을 대로 생각해. 그리고 나 지금 무지 피곤하거든? 지금부터 나한테 말 걸지 마."

나는 더 이상 신경 쓰고 싶지 않아 그렇게 말하곤 책상 위에 엎드린다. 짝꿍이 말을 못 걸어오게 하려면 자는 척하는 수밖에 없을 것 같다. 근데 우리 반 애들은 도대체 왜 그렇게 은혜를 미워하는 걸까? 은혜가 무슨 전염병을 옮겨다 놓은 것도 아닌데.

"얘들아, 조은재도 그렇게 생각한대!"

짝꿍의 목소리에 화들짝 놀라 얼굴을 든다. 순식간에 아이들 시선이 내게로 집중된다. 그중에 은혜의 시선도 있다. 나와 눈이 마주치자 은혜가 황급히 내 시선을 피한다. 은혜는 고개를 숙이고 멍하니 책상만 바라보고 있다. 은혜의 좁은 어깨가 오늘따라 더 좁아 보인다.

은혜야, 너 아니지? 제발 이 자리에서 네가 아니라고 큰 소리로 말해 봐…….

'시간이 진실을 밝혀 준다.'

이건 좀 어려운 말이지만 지금 이 순간에 꼭 필요한 말이다. 지금까지 했던 할머니 어록 중에 제일 좋은 말 같다.

4
할머니, 제발 여기서 멈춰요

"자서전을 쓴다고요? 당신이⋯⋯?"

공인중개사 자격증 딴다고 비싼 돈 들여 책 사들인 게 엊그제 같은데. 우리 엄마 또 혈압 오르게 생겼다. 아빠는 깁스 푼 지 얼마 안 된 발목을 긁적거리며 엄마 눈치를 살핀다.

"어때, 괜찮은 생각이지? 우리 학교 선배 중에도 그런 일 하는 사람 많아."

엄마는 떨떠름한 얼굴로 계속되는 아빠의 설명을 듣고 있다.

"당신 프리랜서가 뭔 줄은 알지?"

"흥, 그걸 모르는 사람이 누가 있어요?"

엄마의 학력 콤플렉스를 살짝 건드려서 분위기를 자기한테 유리한 쪽으로 조성하려는 아빠의 의도다.

"그래, 당신도 잘 알 거야. 그러니까 난 프리랜서로 뛰면서 1년에 대여섯 권씩만 자서전을 써 주면 되는 거야. 그렇게 해도 우리 1년치 생활비는 충분히 벌 수 있대."

"정말로 그렇대요?"

"아, 내가 어제 만나고 왔다니까. 그 기획사에 근무하는 녀석이 내 후밴데 걔가 일을 물어다 주겠다잖아. 자기는 그 대가로 계약금의 20프로만 먹겠대. 자서전 한 권 쓰면 돈 천만 원은 그냥 번다니까. 곧 있으면 이사도 가야 하는데 전세금이라도 마련하려면 이 일 하는 수밖에 없어. 쥐꼬리만 한 월급 받아서 언제 전세금 마련할 거야?"

요새 우리 아빠 말씀 많이 느셨다.

"아무리 푼돈이라도 매달 꼬박꼬박 월급 나오는 게 제일인데……."

"당신, 나 못 믿어?"

"아니, 당신이야 믿지. 그렇지만 당신 말대로 자서전을 쓰려고 하는 사람이 몇 명이나 있을지도 모르겠고……."

"걱정하지 마. 다 잘될 거야. 난 오히려 이 일이 내 적성에 맞는 것 같아. 진작부터 전공을 살려 이쪽 계통에서 일해 보고 싶었거든. 당신…… 내 꿈이 뭐였는지는 알지?"

아빠 꿈이 소설가였다는 거, 그거 모르는 사람 우리 집에 없다. 평소엔 별말이 없던 아빠가 술만 드시면 늘 말씀하셨으니까. 아빠 결혼만 안 했어도 지금쯤 알아주는 소설가가 되어 있을 거라는 말을 앵무새처럼 되풀이하곤 한다. 그런 말을 들으면 마치 우리가 아빠 인생의 짐이 된 것 같아 기분 나쁘다.

"누군 뭐 꿈이 없었는 줄 알아요? 나도 공부만 더 했으면 지금쯤 아프리카에 있을지 모른다고요."

왜 갑자기 꿈 타령은 하고 난리들이셔.

하여튼 엄마는 간호사가 되고 싶었다고 한다. 가난한 나라의 아이들을 위해 의료봉사를 하며 살고 싶었던 엄마는 스무 살 때 아빠를 만나 그 꿈을 포기했다. 그렇게 간단히 포기할 수 있는 게 무슨 꿈이라고. 나는 우리 엄마 아빠를 이해할 수 없다. 정말로 하고 싶은 일이 있었다면 다른 모든 걸 포기하고서라도 그 일을 했어야 한다. 그렇게 해 본 사람만이 꿈에 대해 얘기할 수 있는 거다.

"어쨌든 내가 하겠다고 하면 그쪽에서 당장이라도 일을 주겠대. 문제는……."

"문제가 있어요?"

"아니, 뭐 대단한 건 아니고, 내일이라도 일 시작하려면 노트북 하나 장만해야 될 것 같아."

돈 들어갈 일이 생기니까 엄마 안색이 금세 싹 바뀐다.

"아, 그러게 멀쩡하게 잘 다니던 회사는 왜 때려치워 가지고 그래요? 그리고 주겠다는 퇴직금은 왜 안 받고? 당신이 뭐 기부 천사예요?"

"아, 왜 지난 얘긴 꺼내고 그래. 이미 끝난 일인걸……."

"내가 속이 터져, 정말."

엄마 심정 이해가 간다. 가끔은 나도 아빠 행동이 이해 안 될 때가 있다.

아빠 회사는 자동차 부품을 만들던 곳이었다. 그런데 거기 사장이 장애인을 고용해서 밤 늦게까지 부려 먹고는 월급은 한 푼도 주지 않았다고 한다. 월급은 자신이 대신 관리해 주겠다고 해놓고 다른 곳에 공장 지을 때 그 돈을 모두 써 버린 것이다.

아빤 거기 총무였는데 나중에 그 사실을 알고 몹시 괴로워하던 게 생각난다. 아빠가 알게 모르게 사장이 하는 일을 도와준 꼴이 되어버렸다면서 심하게 자책하셨다. 나중에 아빠가 그 사실을 방송국에 제보해서 사장이 아빠를 쫓아왔다.

그 못된 사장 놈은 겉보기엔 평범한 할아버지 같아 보였는데 아무도 몰래 그렇게 나쁜 짓을 했다고 생각하니 좀 무섭기도 했다. 하여튼 그 일로 아빤 사장과 심하게 다투고 회사를 그만뒀다.

어쨌거나 엄마가 아빠에게 그 얘길 꺼낸 건 이번이 처음이다. 그만큼 노트북 사 주기가 싫다는 얘기다.

"어쨌든 지금 당장 그거 살 돈 없어요."

"그럼 카드로 사면 안 될까? 왜 12개월 무이자 할부 같은 거 있잖아……."

"카드 값은 누가 대신 갚아 준대요?"

"말했잖아. 일만 맡게 되면 계약금 받는다고. 카드 값은 그걸로 한꺼번에 갚아 버리자."

"……."

엄만 거의 포기하는 눈치다.

"아빠 연필 들고 하는 일 하면 잘 안 돼."

"뭐? 다짜고짜 무슨 소리니?"

엄마가 화들짝 놀라며 묻는다. 나는 엄마보다 더 놀란 얼굴로 아빠와 엄마를 번갈아 쳐다본다.

"빗자루 들고 하는 일을 찾아봐. 그럼 운이 트일 거야."

할머니, 제발 여기서 멈춰요.

"너 대체 무슨 말 하는 거니?"

"아니, 그러니까 내가 아니고 할머니가……."

"너, 또 할머니 어쩌구 하면서 이상한 소리나 하려거든 네 방으로 가서 공부나 해. 안 그래도 정신이 하나도 없는데 너까지 그러면 엄만 어떡하니?"

엄마, 나도 좋아서 이러는 거 아니거든? 그러니까 그런 눈으로 날 쳐다보지 마.

"은재야, 너 정말 뭐가 보이긴 보이는 거냐?"

아빠가 내 얼굴을 빤히 들여다보며 심각하게 묻는다.

"보이긴 뭐가 보인다고 그래요? 당신까지 나서서 왜 이래요?"

"아니, 그래도…… 은재 하는 말 틀린 적 없었잖아. 왜, 지난번 나 교통사고 난 것도 그렇고 우리 집에 민국이 온 것도 그렇고 말이야……. 아무래도 우리 은재가……."

"은재가 뭐요! 제발 이상한 생각 집어치우고 당신은 외출 준비나 해요!"

"외출? 어디 가게?"

"노트북 사야 된다면서요?"

"홧김에 서방질한다더니……."

나는 서둘러 내 입을 틀어막는다. 할머니, 제발.

"뭐?"

"아니, 화질이 선명한 걸로 골라야 한다고."

겨우 그렇게 둘러댄다.

"너, 네 방으로 들어가지 못해?"

나는 입을 한 자나 내밀고 내 방으로 돌아온다.

"정말 이러시기예요?"

침묵.

"좋아요, 할머니가 정 그렇게 나오시면 저도 할 수 없어요. 엄마한테 말해서 굿해 달라고 할 거예요."

하지만 이건 거짓말이다. 우리 엄만 내 말을 믿지도 않을뿐더러 오히려 내가 예전처럼 자기를 괴롭히려는 줄 알고 캠프에 보내 버릴지도 모른다. 그건 엄마의 비밀 병기다. 내게서 조금이라도 이상한 조짐이 보이면 우리 엄마는 방학 때 날 캠프에 보내 정신교육을 받게 한다.

거긴 나처럼 입양된 아이들이 입양에 대해 좋은 점들을 배우며 친구를 사귀는 곳이다. 처음 보는 애들끼리 무슨 사찰 같은 곳에서 1주일 혹은 2주일씩 합숙하며 지내는데 정말이지 끔찍한 나날이 이어진다. 도둑질을 하는 아이들도 있고 날마다 싸움을 걸어오는 아이들도 있다. 걔네들 대부분이 아직 새 가정에 적응하지 못하고 방황하는 아이들이다.

그 옛날 내가 그랬던 것처럼 말이다. 난 그 아이들 마음속에 뭐가 들어 있는지 알 수 있다. 그런 아이들 마음속은 당황스러움과 놀람, 무엇보다도 충격과 공포가 가득 차서 빈 자리가 없다. 무언가에 잔뜩 화가 난 얼굴로 다른 사람들을 경계하는 그 아이들을 보면 예전의 내 모습을 보는 것 같다.

그래서 누군가 내 상처를 건드린 것처럼 따끔따끔하게 아프다. 그러니 더 이상 캠프행 버스에 실려 가지 않으려면 최대한 엄마를 건드리지 말아야 한다. 내가 다시 예전으로 돌아가지만 않는다면 엄마도 아무 이유 없이 날 그런 말도 안 되는 버스에 태우지는 않을 테니까.

나는 엄마가 보던 성경책을 가지고 와서 책상 위에 펼쳐놓는다. 결론부터 말하자면, 할머니 문제는 나 혼자 해결해야 한다는 거다. 근데 글자가 왜 이렇게 작은 거야? 눈이 침침해서 잘 보이지도 않는데……. 채 한 줄도 못 읽고 성경책을 덮는다. 엄마한테 안경 맞춰 달라고 해야겠다.

성경책을 옆으로 밀어 놓고 작문 노트를 펼친다. 앙칼진 작문 선생님 얼굴을 떠올리면 내가 지금 한가하게 성경책이나 읽고 있을 때가 아니다.

근데 '우리 집'에 대해 뭐라고 쓰지. 그것도 노트 다섯 장씩이

나. 우리 집이 다른 집보다 엄청 부자인 것도 아니고 그렇다고 밥을 굶을 만큼 가난한 것도 아닌데. 무슨 특이한 게 있어야 빈칸을 채우지. 특이한 거……? 맞다. 우리 엄마가 아기를 못 낳는 건 다른 엄마들과 다른 점이다.

또 영재와 내가 입양아라는 사실도 다른 애들과 다르다. 우리 아빠가 백수라는 점도 다른 집 아빠들과 다르고. 그러고 보니 우리 집은 다른 점투성이다. 어쩌면 이거 먹힐 수도 있겠다.

나는 또박또박 연필로 쓰기 시작한다. 거짓말 약간 보태서 쓰니까 다섯 장 채우는 것도 별로 어렵지 않다. 팔은 좀 아프지만 간만에 숙제 제대로 하는 것 같아 뿌듯하기까지 하다. 글을 다 쓰고 나서는 일부러 책상 위에 놓여 있던 물컵 속에 손가락을 집어넣어 물을 묻혀 가지고는 노트 위에 몇 방울 떨어뜨린다. 그러면 작문 선생님은 내가 이 글을 쓸 때 눈물까지 흘리면서 진실하게 썼다고 생각할 것이다. 물방울이 마르기를 기다렸다가 작문 노트를 덮는다.

현관문 열리는 소리가 들린다. 엄마 아빠가 벌써 돌아오신 모양이다. 재빨리 방문을 열고 밖을 내다본다. 거실 안은 한바탕 난리가 났다. 컴퓨터 기사가 거실 한쪽에 인터넷 전용선을 설치하느라 이제 막 벽에 구멍을 뚫기 시작했고 아빠는 그 옆에서 포장지를 풀며 히죽히죽 웃고 있다.

"원래는 내일 설치해 드리는 건데 사장님이 하도 급하다고 하시니까 지금 해 드리는 겁니다. 인터넷은 지금은 안 되고 내일 오

전부터 될 겁니다."

선을 연결하던 기사가 아빠에게 설명하자 아빠는 마냥 좋은 듯 고개만 연신 끄덕거린다. 엄마는 목돈을 쓰고 나서인지 힘없이 소파에 앉아 컴퓨터 박스만 쳐다보고 있다.

"은재야, 이리 와서 아빠 컴퓨터 좀 볼래? 엄마가 매장에서 제일 좋은 걸로 사 줬다. 야, 이 때깔 좀 봐라. 죽이지?"

아빠는 자판 두드리는 시늉을 하며 자랑을 그칠 줄 모른다. 자기가 무슨 소설가라도 되는 것처럼 벌써부터 폼을 있는 대로 잡는다. 자서전은 핑계고 처음부터 노트북이 갖고 싶었던 사람 같다.

"여보, 당신 투자 잘한 거야. 이 녀석이 우리 집에 돈 많이 벌어다 줄 테니까."

아빠는 그렇게 말하며 큰 소리로 웃는다. 나는 그런 아빠를 오랫동안 쳐다본다. 저렇게 해맑게 웃을 수 있는 아빠가 참 부럽다.

◞

"김은혜!"

"……."

"39번 김은혜!"

"……."

"뭐야, 왜 대답이 없어?"

"김은혜 오늘 학교 안 왔는데요."

김은혜 짝꿍 목소리다. 담임 선생님은 그제야 코에 간신히 걸려 있던 안경을 추켜올리고는 반 아이들의 얼굴을 쳐다본다. 그러다 3분단 빈자리로 시선이 가서 머문다. 마치 텅 빈 책상이 김은혜 얼굴인 것처럼 한참을 보고 있다.

"김은혜가…… 누구더라……?"

참 내, 자기 반 학생도 모르는 담임이 무슨 담임이라고.

"저기, 키는 작고 머리는 항상 양 갈래로 땋고 다니고 예쁘게 생긴 애 있잖아요."

김은혜 짝꿍의 설명에도 담임 선생님은 머리를 갸우뚱한다.

"걔네 엄마가…… 척추 장애인이잖아요."

뭐? 은혜 엄마가 척추 장애인이라고? 전혀 몰랐던 사실이다. 하긴, 내가 은혜에 대해 아는 거라곤 애가 좀 맹하다는 것과 그 맹한 애가 우리 동네 산다는 것, 그리고 무슨 이유인지 모르겠지만 요즘 들어 나를 피한다는 것, 그게 전부다.

은혜 짝꿍의 설명에 여기저기서 수군대는 소리가 들린다. 몰랐던 사실 하나가 더 밝혀졌으니 이제 아이들은 대놓고 은혜를 동네북처럼 두들길 것이다. 걔 인생도 참 어렵게 돌아간다.

"아, 그래. 이제 알겠군. 그럼 너희들 중 김은혜랑 제일 친한 애가 누구냐?"

아무도 없다. 한세영 패밀리조차도 숨죽인 채 조용히 담임 선생님 얼굴만 쳐다본다.

"뭐야, 왜 손을 안 들어? 친한 친구가 한 명은 있을 거 아냐?"

아이들 시선이 조심스레 한세영에게로 향한다. 한세영은 자기를 쳐다보는 애들을 매섭게 노려본다. 아이들은 겁을 먹었는지 아무도 두 사람이 친하다고 말해 주지 않는다.

"김은혜는…… 친구 없어요."

누군가 그렇게 말하자 다른 아이들도 맞아요, 걘 친구 없어요, 하고 거든다. 이것들이 작당을 했군. 근데 난 왜 입을 다물고 있는 거지? 나 역시 선뜻 한세영이 김은혜랑 친하다고 말을 할 수가 없다. 걔네 둘이 친구였다면 적어도 은혜의 약점을 이용해 허구한 날 먹을 걸 얻어먹지는 않았을 테니까.

아무리 생각해도 은혜와 한세영은 친구 사이가 아니다. 그러니까 아이들이 저렇게 나오는 것도 이상할 게 없다. ……그럼 난? 은혜와 나, 우린 뭐지?

"알았다. 너희들은 수업 준비나 해."

애걔, 그게 다야? 담임 선생님은 출석부를 덮고 나서 그렇게 말한 뒤 그대로 교실을 나가 버린다. 순간 쥐 죽은 듯 조용하던 교실 안이 갑자기 한바탕 난리다. 아이들은 삼삼오오 모여 앉아 숙덕거리기 시작한다. 아니 숙덕거리고 말고 할 것도 없이 아예 대놓고 김은혜 욕을 한다.

"봐, 내가 틀림없댔지? 걔가 가져갔다니까."

"맞아. 찔리니까 학교도 안 나온 거야."

"정말 재수 없다, 얘."

웬일로 한세영 패밀리만 입을 꾹 다물고 있다. 쟤네 뭐 잘못 먹은 거 아냐? 원래대로라면 한세영이 나서서 김은혜를 욕했을 텐데. 어쨌든 한세영이라도 입을 닫고 있으니 교실 안이 덜 시끄럽긴 하다.

나는 작문 노트를 들고 교무실로 향하면서 은혜의 빈자리를 힐끔 쳐다본다. 맨날 보이던 애가 안 보이니까 기분이 좀 이상하다. 근데 한세영 패밀리는 해체됐나? 왜 모이지 않고 혼자 앉아 있는 거지? 한세영이 혼자 자기 자리에 앉아 있는 건 처음 본다.

"어머, 은재 네가 웬일이니? 숙제를 제날짜에 다 내고. 해가 서쪽에서 뜨겠다."

무슨 말을 해도 꼭 비꼬기지. 그냥 잘했다고 하면 될 것을. 나는 작문 선생님 책상 위에 놓인 꽃다발을 보며 딴청이다. 이런 노처녀 선생님에게도 꽃다발을 갖다 바치는 인간이 다 있다니. 세상 오래 살고 볼 일이다.

"어머, 꽃병이 어디 있지? 시들기 전에 꽂아야 할 텐데."

작문 선생님은 갑자기 생각났다는 듯 내 시선이 꽂혀 있는 꽃다발을 번쩍 들고 향기를 맡으며 중얼거린다. 은근히 자랑하고 싶었나 보다. 근데 작문 선생님 얼굴 위에 왜 우리 담임 선생님 얼굴이 겹쳐 보이지? 이거 조짐이 심상치 않다.

"은재 넌 가 봐. 이미 말했지만 내가 읽어 보고 진실성이 없다고 판단되면 다시 써 오라고 할 테니 그리 알고."

등을 돌리고 나가려는데 다시 작문 선생님 호출이다.

"얘! 넌 인사도 안 하고 가니?"

교무실에 있던 선생님들이 일제히 나를 쳐다본다. 나는 허리를 90도로 숙여 인사한 다음 재빨리 교무실을 빠져나온다. 공부 잘하는 애들은 죽었다 깨도 모르겠지만 나처럼 공부도 못하고 붙임성도 별로 없는 애들은 교무실 출입하는 게 복도 유리창을 열 개 닦는 것보다 더 힘든 일이다.

나는 그런 힘든 일을 지금 막 혼자서 해치우고 돌아오는 중이다. 그런데 저기 복도 앞에 작문 선생님보다 더 재수 없는 애가 나를 향해 걸어오고 있다.

"나랑 얘기 좀 해."

얘기하자면 겁낼 줄 알고? 나로 말할 것 같으면 천하의 박치기 선수 조은재다. 우리 보육원에서 날 당해 낼 아이는 단 한 명도 없었다. 키 큰 언니들이나 오빠들도 내 박치기 한 방이면 골목 밖으로 나가떨어졌다.

내 빵을 빼앗아 도망치는 한 남자아이를 박치기 한 방으로 넘어뜨린 것도 분명히 기억하고 있다. 내 나이 여섯 살 때 나는 이미 이기는 법을 알았던 것이다. 이런 찌질이 한세영쯤은 아무것도 아니다.

한세영은 미술실 문이 잠겨 있지 않은 걸 확인하더니 그리로 나를 데려간다. 내가 뒤따라 들어가자 한세영이 문을 잠근다. 그러곤 팔짱 낀 자세로 미술실 책상 위에 걸터앉는다. 그런다고 나보다 작은 키가 커 보일 리도 없는데 말이다. 나는 맞은편 책상에 기대서서 한세영을 내려다본다.

"너, 정말 아무것도 몰라?"

"뭘?"

때가 타서 까만 한세영의 실내화를 보며 심드렁하게 대꾸한다.

"은혜 말이야. 걔가 오늘 왜 학교에 나오지 않았는지."

"그걸 왜 나한테 물어?"

"은혜가 널 좋아했잖아. 그러니까 너한텐 무슨 말이든 했을 거 아니야?"

은혜가 날 좋아했다고? 근데 그게 걔가 학교에 나오지 않은 것하고 무슨 상관이람.

"야, 한세영. 은혜랑 어울려 다니며 걔가 돈 쓰게 만든 건 바로 너야. 그러니까 뭔가 안다면 네가 더 잘 알 거야."

내 말에 한세영 얼굴이 시뻘개진다. 별로 심하게 말한 것도 없는데. 나는 내친김에 몇 마디 더 하기로 하고 한세영 얼굴을 똑바로 쳐다본다.

"그리고 도둑질이나 하는 그런 애, 나도 안 반갑거든? 그러니까 나 귀찮게 하지 말고 궁금하면 네가 직접 찾아가 봐. 적어도 네가 양심이 있는 애라면 그 정도는 해야 하는 거 아니냐? 그리고 너…… 그 실내화 좀 빨아야겠다. 그거 원래 하얀색 아니었냐?"

그 말을 끝으로 나는 미술실 문을 열고 나와 버린다. 기집애, 진짜 웃기는 애네. 꼭 은혜 걱정은 혼자 다 하는 것 같은 얼굴로

나한테 그딴 거나 물어보고 말이야. 기분도 꿀꿀한데 양호실에
나 갈까? 근데 오늘은 그 날도 아닌데. 그치만 담임 선생님이 내
그 날을 다 기억하는 것도 아닐 테니까 오늘 한 번만 더 써먹어야
겠다. 일단 교실 가서 책가방 정리 좀 해 놓고.

교실로 들어가면서 보니 한세영이 벌써 제자리로 돌아와 앉아
있다. 쟤 진짜 뭐 잘못 먹은 게 틀림없다. 어울리지 않게 내내 심
각한 얼굴이다.

내 자리로 가려는데 아이들 수군거리는 게 심상치 않다. 또 누
구 험담하는 소리다. 뒷담화, 이거 아무리 무관심한 척하려고 해
도 자꾸만 신경 써서 듣게 된다. 그래도 애써 무시하고 내 자리까
지 오는 데 성공했지만, 존재감 없는 애가 불쑥 얼굴을 들이민다.

"야, 지금 난리 났어."

어째 우리 반은 하루도 조용할 날이 없는 것 같다.

"서윤희가 MP3를 잃어버렸대. 어젯밤에 아빠한테 생일 선물
받은 거라는데."

서윤희가 앉아 있는 자리를 보니 벌써 아이들이 서윤희를 동
그랗게 에워싸고 있고 서윤희는 책상에 엎드려 훌쩍이고 있다.
그러게 그딴 걸 뭐하러 학교에 가지고 오냐.

"흥, 그것두 김은혜가 가져갔겠구나? 걔는 오늘 학교에 나오
지도 않았는데."

순간 화가 치밀어올라 그렇게 빈정거린다.

"그러게 말이야. 참, 이상하지? 김은혜도 없는데 대체 누가 가

져간 걸까? 김은혜 유령이 와서 가져갔을 리도 없는데."

제법 진지한 얼굴로 짝꿍이 내 말을 받아친다. 좀 반성하라고 한 말인데 전혀 그런 기색이 없다.

"아무래도 김은혜 말고 진짜 도둑이 따로 있나 봐."

그러면서 닭똥집 같은 입술을 조그맣게 오므린다. 진짜 때려 주고 싶은 입술이다.

나는 더 이상 신경 쓰고 싶지 않아 책가방 정리해 놓고 교실을 나와 버린다. 실은 나도 지금 헷갈려 죽겠다. 김은혜가 아니면 대체 누가 가져간 거야? 그리고 은혜는 자기가 훔친 것도 아니면서 학교는 왜 안 나오고? 이놈의 교실 다 해체돼 버렸으면 좋겠다.

근데 나…… 방금 박소희 봤다. 어디까지나 아무 생각 없이 떠올린 얼굴이다. 그렇지만 설마 그 애가……. 나는 고개를 세차게 내젓는다. 박소희는 꼴찌를 했으면 했지 죽어도 그런 짓 할 애는 아니다. 나는 담요를 머리끝까지 뒤집어쓰고 눈을 감는다.

근데 이 담요, 구린 냄새 난다. 이제 보니 옛날에 내가 컵라면 먹다 흘린 국물 자국이 아직까지 남아 있다. 그동안 한 번도 빨지 않았나 보다. 가장 청결해야 할 양호실 담요가 이 모양이라니. 나는 머리까지 뒤집어썼던 담요를 홱 걷어서 옆으로 치운다. 어째 열여섯 살이 되고 나서부터는 하루도 맘 편할 날이 없는 것 같다. 이게 모두가 다 그 고집 센 할머니 때문이다.

“조은재, 가서 두부 좀 사 와!”

일요일 아침에는 그냥 좀 내버려 두면 안 되나. 밤새 꿈에 시달리느라 한숨도 못 잤는데. 요 며칠 계속 똑같은 꿈을 꾼다. 기억에도 없던 옛날 일들이 영화의 한 장면처럼 머릿속에 펼쳐지는데 이거 어디까지가 꿈이고 어디까지가 현실인지 모르겠다.

“은재, 아직도 안 일어난 거야?”

아무래도 우리 엄마는 날 괴롭히려고 보육원에서 데려온 모양이다. 이불을 머리끝까지 뒤집어쓰고 못 들은 척 버틴다. 1초도 안 되어 방문이 벌컥 열리고 완강한 손힘이 내 이불을 확 걷어 젖힌다.

“일찍 일어나는 새가 더 많이 먹는다. 몰라?”

그 말이 그 말이었나? 헷갈려하는 사이, 엄마가 억지로 나를 일으켜 세우곤 엉덩이를 탁 때린다.

“두부하고 콩나물 사 와. 맛있는 된장찌개랑 콩나물 무침이랑 해 줄게.”

두부 콩나물이 뭐 대단한가? 별것도 아닌 거 갖고 엄마는 꼭 생색낸다. 두부 콩나물 공장에서 우리 엄마 상 줘야 된다. 우리 엄마처럼 허구한 날 두부 콩나물로만 반찬 해 먹는 사람도 드물 테니까. 할 줄 아는 게 그것뿐인지 아니면 두부 콩나물 공장 사장한테 뇌물이라도 받았는지, 원.

투덜거리며 씻으러 들어가는데 영재가 말간 얼굴로 방에서 나온다.

"영재도 있는데 왜 맨날 나만 심부름이야?"

그제야 억울한 생각이 들어 그렇게 소리친다.

"걔는 아침 일찍 학원 가야 돼. 오늘부터 주말반 특강 들으러 갈 거거든."

학원 안 가도 엄마는 영재한테는 심부름 안 보낸다. 무슨 귀하신 몸이라고 그렇게 아끼는지 모르지만 가끔은 상당히 기분 나쁘다. 엄마의 차별 대우야 하루 이틀 일은 아니라고 해도 그걸 당연하게 여기는 영재의 태도는 정말이지 아니꼽다.

"야, 네가 무슨 우리 집 상전이냐? 너 앞으로 두부 콩나물 먹지 마. 맨날 내가 사 오는 거니까."

"나 두부, 콩나물 안 좋아해. 누난 그것도 몰랐어?"

이런, 슈렉 같은 놈. 자다가 일어나 똥 누는 주제에. 혼자 씩씩거리며 대충 눈곱만 떼고 화장실에서 나온다. 영재는 엄마가 싸준 김밥 도시락 들고 룰루랄라 학원 간다. 진짜 학원에 가는지 뒷조사 한번 해 봐? 그런 생각이 들었지만 내가 영재 누나라 참기로 한다.

"찌개 끓기 전에 넣어야 되니까 빨리 갔다 와."

엄마는 5천 원짜리 한 장을 내 손에 쥐여 주며 엉덩이를 탁, 때린다.

자전거를 대문 밖으로 끌고 나온다. 벌써 가을인가? 반팔 소매 밖으로 나온 맨살에 소름이 돋는다. 일요일 아침이라 골목 안도 한산하다. 내리막길이 나오자 페달을 굴려 전속력으로 달려 본다. 쌀쌀한 아침 공기가 얼굴을 따갑게 스치고 지나간다. 알 밴 종아리가 긴장으로 팽팽하게 당겨지는 게 느껴진다.

할머니 때문에 무겁던 마음이 어느새 조금 가벼워지는 것 같다. 골목길 앞 신호등 앞에서 멈춰 설 때까지 자전거에 내 몸을 맡기고 찬 공기를 마음껏 들이마신다.

가쁜 숨을 몰아쉬며 횡단보도 앞에 선다. 신호등이 바뀌길 기다리는데 건너편 보도블록 위를 걸어가는 은혜가 보인다. 정면을 보지 못하고 언제나 시선을 내리깔고 걷는 건 은혜의 버릇이다. 한 손에 종이봉투 같은 걸 든 은혜는 느릿느릿 농협 앞을 지나쳐 간다. 급한 마음에 큰 소리로 이름을 부른다.

신호 대기에 걸려 있던 다른 사람들이 다 쳐다볼 정도로 크게 불렀는데 못 들은 것 같다. 3일 동안이나 학교에 나오지 않아서 은근히 소식이 궁금했는데. 이놈의 신호는 왜 이렇게 길게 느껴지는지.

초록색 불이 켜지자마자 자전거를 끌고 뛴다. 뛰면서 은혜 이름을 불렀는데도 은혜는 돌아보지 않는다. 기집애, 귀라도 먹었냐.

"야, 김은혜!"

숨이 차서 더 이상 뛰는 건 무리다. 신호가 바뀌기 전에 횡단보도를 건너와서 다행이다. 하지만 은혜는 계속해서 걷기만 한다.

"은혜야!"

소리 지르고 나니 더 숨이 가쁘다. 제자리에 멈춰 서서 숨을 고른다. 앞을 향해 걷기만 하던 은혜가 발걸음을 멈추더니 천천히 뒤를 돌아다본다. 우리는 농협과 안경점을 사이에 두고 멀찌감치 떨어져 서 있다. 나를 보는 은혜 얼굴이 별로 밝지가 않다.

"자, 잠깐만 거기 서······."

내 말이 다 끝나기도 전에 은혜는 다시 발걸음을 돌려 빠른 걸음으로 걷기 시작한다. 나는 그런 은혜를 멀뚱히 쳐다보고만 있다. 달려가 붙잡는 것도 어색할 것 같다. 은혜는 순식간에 페리카나 치킨집이 있는 상가 건물 안쪽으로 사라져 버린다.

닭 쫓던 개 신세 됐다. 한동안 멍하니 서 있다 자전거를 끌고 차도로 내려선다. 기분 엄청 이상하다. 근데 갠 거기 왜 들어갔지? 갑자기 궁금해진다. 상가 2층에 뭐가 있나 보려고 머리를 한껏 뒤로 젖힌다.

'재개발 결사반대!'

'이놈들아 세입자 다 죽는다! 보상 문제 해결하라!'

'목숨 걸고 투쟁!'

이런 무시무시한 말들이 붉은색으로 적혀 있는 플래카드가 건물 맨 꼭대기 층에 다닥다닥 붙어 있는 게 보인다. 재개발 그거 좋은 거 아닌가? 말 그대로 개발을 다시 하려는 건데. 나중에 아빠한테 한번 물어봐야겠다. 사람들이 반대하는 데는 다 그만한 이유가 있을 테니까.

여하튼 지금 내가 궁금한 건 은혜가 대체 어디로 사라졌느냐 하는 거다. 플래카드 사이로 보이는 간판들을 죽 훑어본다. 털보네 떡갈비집, 통일 검도 학원, 다나아 치항 병원, 노란풍선 실내 놀이터, 보드래 수예점 간판이 나란히 걸려 있다. 그중 은혜가 갈 만한 곳을 고르라면…… 수예점이다.

일요일 아침부터 혼자 떡갈비 먹으러 갔을 리는 없고 다소곳한 은혜가 검도 배운단 소리 못 들어 봤고 항문에 문제 있다는 소리도 못 들어 봤다. 그렇다고 베이비들이나 출입하는 실내 놀이터에 갔을 리도 없다. 남은 건 수예점뿐인데 은혜 성격상 뜨개질 같은 건 잘할 것 같다. 에이, 찌개 벌써 다 끓었겠네.

나는 그제야 정신없이 길 건너 슈퍼를 향해 돌진하듯 달린다. 아침부터 엄마한테 심부름 하나도 제대로 못한다는 소리 듣기 싫다. 은혜가 뜨개질로 수건을 뜨든 이불을 뜨든 그건 내 알 바 아니라니까. 왜 자꾸 신경 쓰는지 모르겠다.

"넌 어떻게 심부름 하나도 제대로 못하니?"

그럴 줄 알았다니까. 엄마는 손바닥 위에 올려 둔 두부를 칼로 뭉텅뭉텅 잘라 찌개 속에 집어넣고 뚜껑을 닫는다. 그리고 등을 홱 돌려 내게 손바닥을 내민다.

"뭐?"

"잔돈."

"치, 누가 갖는데? 여기 있어"

그까짓 잔돈 얼마나 남았다고. 심부름값 줘도 시원찮을 판에 꼭 치사하게 이러기지.

"야, 된다, 된다!"

웬일로 일찍 일어난 아빠는 아침부터 노트북 붙잡고 씨름하더니 인터넷이 연결되자 기립 박수를 치며 좋아한다.

"당신 뭐 검색할 거 있어? 내가 다 찾아 줄게."

인터넷 처음 해 보나. 왜 저렇게 좋아해? 엄만 콩나물 무치던 손을 행주에 닦고 나서 종종걸음으로 아빠한테 다가간다.

"초고속이라더니 역시 빠르군."

별 의미도 없는 말을 어쩜 저렇게 진지한 얼굴로 말할 수 있냐. 우리 아빠 천재다. 엄마는 아빠 어깨 너머로 컴퓨터 화면을 들여다보느라 찌개가 넘치는 것도 모른다. 나는 가스레인지 불을 약하게 줄여 놓고 내 방으로 들어온다.

"인터넷으로 사람도 찾을 수 있다고 그러지 않았어요?"

신경 쓰지 않으려 해도 자꾸만 내 귀가 바깥쪽으로 쏠린다.

"사람 찾으려면 경찰서 가야지……. 왜, 당신 누구 찾는 사람 있어?"

"아니……, 내가 아니라 당신 말이에요."

"나? 내가 뭐?"

"아이 참, 잊었어요? 어머니 치매 걸렸을 때 하신 말씀."

뭔가를 생각하는 듯 한동안 거실 안이 조용하다.

"노인네 정신없으실 때 말씀하신 걸 가지고 괜히……."

"그게 아니라니까요. 당신 어머니, 얼마나 총기 있으신 줄 아세요? 똑같은 이름을 수백 번도 더 말씀하셨다구요. 그게 누구냐니까 옛날에 잃어버린 딸이라는데 매번 물어봐도 똑같은 대답을 하셨어요. 아마 당신이나 나한테 얘기하지 못한 무슨 사연이 있었을 거예요."

"사연은 무슨 사연……. 우리 어머닌 평생 자식들밖에 모르고 사셨던 분이야."

"치매 걸린 노인네가 한 말이라고 단순히 넘어갈 문제가 아닌 것 같아요. 어머님 정신 말짱하실 때도 허튼소리 하는 양반 아니었잖아요. 이름도 분명히 기억하고 있었어요. 진정애, 라고. 이제 보니 당신이랑 성이 다르네. 그렇담 결혼 전에 낳은 자식이라는 얘기가 되는데……."

"당신 지금 소설 써? 대체 무슨 얘기가 하고 싶어서 그래? 내가 아니라면 아닌 거지."

"무조건 아니라고만 할 게 아니라니까……."

"아, 그만하라니까! 당신 그렇게 할 일이 없어?"

"왜 흥분하고 그래요? 당신은 어머님을 몰라도 너무 몰라요. 여잔 여자가 더 잘 아는 법이라고요. 틀림없이 우리가 모르는 자식이 있었던……."

"당신 계속 이렇게 돌아가신 양반 욕되게 할 거야? 우리 어머니처럼 깨끗한 분이 어딨다고!"

"치, 누가 지저분하댔나? 괜히 발끈하고 난리야……. 아, 그래요. 됐어. 내가 당신하고 무슨 말을 해."

"그럼 가서 당신 할 일 해. 괜히 바쁜 사람 붙잡고 이상한 소리 하지 말고."

"바쁘긴 뭐가 바빠요? 요새 우리 집에서 제일 한가한 사람이 당신인 거 몰라요?"

엄만 역시 말꼬리 잡고 늘어지는 덴 선수다. 두 사람이 티격태격하는 소리를 뒤로 하고 책상 앞에 앉는다. 옆으로 밀쳐놓았던 성경책을 펼쳐 본다. 할머니가 싫어하는 일을 게을리하면 안 된다. 채 한 줄을 읽기도 전에 놀라서 후다닥 성경책을 덮어 버린다. 내가 무슨 해리포터냐……. 진짜 못살겠다. 글자 사이로 나타난 할머니 얼굴이 검은 양피지 표지까지 뚫고 올라온다. 참 겁 없는 할머니다.

"할머니, 제발 그만 좀 괴롭혀요. 제가 불쌍하지도 않으세요?"

진심으로 할머니께 기도한다. 하느님한테도 이렇게 간절히 기도해 본 적 없는데.

"할머니가 계실 곳은 여기가 아니에요. 사람들은 다 자기가 있어야 할 곳에 있는 거라고, 할머니가 그러셨잖아요. 이제라도 늦지 않았으니까 돌아가세요. 그럼 전 그렇게 믿겠나이다, 아멘."

눈을 뜬다. 이런……. 다시 감는다. 지금 내 방 안에 할머니 와 계시다.

대체 무슨 수작을 꾸미려는 건지 모르겠다. 한껏 치장을 하고 선생님과 함께 상담실로 향하는 엄마 뒤를 몰래 따라가 본다. 생전 안 입던 정장 스커트를 다 입고 부스스한 머리칼은 미장원에 갔다 왔는지 끝부분이 동그랗게 말려 있어서 부잣집 아줌마 같다. 누구한테 잘 보이려고 저렇게 꾸미고 왔담.

두 사람은 상담실 문을 열고 조용히 안으로 들어간다. 기말고사 성적표가 나왔나? 하지만 내 성적 형편없는 거 어제오늘 일도 아니다. 그리고 우리 담임은 내 성적에 관심도 없다. 오르지 못할 성적은 쳐다보지 않는 게 좋다고 말한 게 누군데. 혹시 우리 엄마랑 담임이……? 이거, 약간 말이 되는 것 같다.

갑자기 심장이 뛰기 시작한다. 상담실 문 앞에 바짝 붙어 서서 귀를 기울여 본다. 상담실 안에서는 아무 소리도 안 들린다. 둘이 말 안 하고 뭐 하는 거지? 점점 생각이 이상한 쪽으로 흐른다. 안 될 것도 없는 얘기다. 우리 엄마는 여자고 담임은 남자니까.

엄마는 아이를 안 낳아 봐서 그런지 다른 아줌마들보다 몸매도 좋고 얼굴도 좀 된다. 아니 솔직히 말해 엄청 예쁘다. 얼굴도 동안이어서 우리 둘이 같이 다니면 사람들은 나보다 엄마를 더 어리게 볼 정도다.

만일 우리 엄마에게 숨겨진 애인이 있다면 로맨티스트인 우리 담임 같은 분이 제격일 거다. 나는 체육복을 입은 채 상담실 앞을 서성거리다 운동장에서 들려온 호루라기 소리에 놀라 정신을 차린다. 나중에 엄마 뒷조사 한번 해 봐야겠다. 지금은 시간이 없어 그냥 돌아가지만 이런 일은 그냥 넘어가면 못쓴다. 초반에 그 싹을 잘라 버려야지. 찜찜한 기분을 뒤로하고 출석부 가지러 우리 반 교실로 향한다.

혼자서 공부하고 있을 박소희를 생각해서 최대한 소리 나지 않게 교실 문을 열고 들어간다. 제자리에 앉아 책 보고 있을 거라고 생각했던 박소희가 3분단 세 번째 줄에 앉아 뭔가를 뒤지고 있다. 거긴 은혜 짝꿍 자리다. 괜한 호기심이 발동해 한동안 교실 뒤쪽에서 그 애가 하는 짓을 지켜본다.

이놈의 예지력……. 체육 선생님이 출석부 가지러 갔다 올 사람 손들어 보라고 했을 때 웬일로 내 손이 번쩍 올라가더니. 난 또 할머니가 일부러 장난친 줄 알았다. 이제 보니 다 숨겨진 뜻이 있었던 거다. 진작부터 우리 할머니 레이더망에 엄마와 박소희가 포착되었던 것 같다.

다시 밖으로 나갈까. 박소희는 얼마나 열중했으면 내가 들어온 줄도 모르는 것 같다. 이제라도 그냥 나가 버리면 복잡한 일에 휘말리지 않아도 될 텐데. 나는 슬그머니 뒷걸음질 쳐서 뒷문 쪽으로 걸어간다.

바로 그때 벽에 기대서 있던 대걸레가 내 옷깃에 닿아 넘어지고 깜짝 놀란 박소희 눈과 내 시선이 마주친다. 지금까지 반 아이들이 잃어버린 모든 물건들, 전부 다 박소희가 가져갔겠구나. 순간 내 머릿속에 그런 생각이 스치고 지나간다. 얼굴이 새빨개진 박소희는 두 손으로 입을 가리고 한동안 움직일 줄을 모른다. 나역시 몸이 굳어 버렸다.

"추, 출석부…… 가지러…… 그것만 갖고 금방 나갈 거야."

겨우 그렇게 말하곤 어색한 걸음걸이로 교단까지 걸어간다. 고개를 깊이 숙인 채 교단 위에 올려진 출석부를 품에 안는다.

"봤니……?"

떨리는 목소리.

"응……."

겨우 그렇게 대꾸하고 교실을 나와 버린다. 다리가 후들거려서 한참이나 서 있다 운동장으로 달려 나간다.

"홍 여사!"

상담실을 나서는 엄마 등뒤에 대고 소리친다. 체육복 갈아입으러 교실로 우르르 몰려 들어가는 아이들 틈에 뒤섞여 엄마와 내가 서로 마주 보고 선다. 엄마는 내 얼굴을 보고 조금 당황하는 눈치다. 뭔가 찔리는 모양이다.

"으, 은재구나……."

내 눈을 똑바로 마주 보지 못하고 시선을 자꾸 다른 곳으로 돌리는 게 어째 의심스럽다.

"여기 왜 온 거야?"

"어? 그, 그게…… 우리 딸 학교 생활 잘하나 보려고 왔지…….

넌 체육복 안 갈아입어도 돼? 쉬는 시간 다 끝나기 전에 어서 가
서 갈아입어."

그렇게 말하는 엄마 얼굴이 왠지 의기소침해 보인다. 별말 없
이 등을 돌리고 천천히 걷기 시작하는 엄마 곁에 바짝 붙어선다.
근데 우리 엄마가 이렇게 작았나? 엄마 머리통이 내 어깨에 겨우
닿을까 말까 하다.

"대체 뭣 때문이래?"

"……."

"말 안 해 줄 거야?"

"……."

"홍 여사!"

"으, 으응?"

엄마는 깊은 생각에 잠겨 있다 깨어난 사람처럼 고개를 번쩍
들고 내 얼굴을 쳐다본다.

"아유, 됐어, 됐어. 말하기 싫음 안 해도 돼. 실은 나도 전혀 안
궁금하거든?"

그렇게까지 말했는데도 엄마 입은 떨어질 줄 모른다.

"우리 홍 여사 오늘 진짜 이상하네……."

"얼른 들어가. 이따 집에 가서 얘기해 줄게."

마침 수업 시작종이 울리는 바람에 더 캐묻지도 못하고 교실
을 향해 전속력으로 달린다. 교실 안 내 자리에 앉아 창밖을 보니
고개를 깊이 숙인 채 운동장을 걸어 나가는 엄마 뒷모습이 보인

다. 기분이 이상하다. 우리 홍 여사, 성격은 좀 나빠도 언제나 밝고 명랑한 게 보기 좋았는데…….

수업 시간 내내 엄마가 사라진 텅 빈 운동장만 바라보고 있는데 짝꿍이 옆구리를 쿡 찌르며 뭔가를 건네준다. 반듯하게 접힌 쪽지를 받아 쥔 채 짝꿍을 본다. 짝꿍은 박소희가 앉아 있는 쪽을 손가락으로 가리키고 나서 쪽지를 읽어 보라고 재촉한다. 나는 호기심 어린 짝꿍의 시선을 외면한 채 혼자서 조용히 쪽지를 펼쳐 본다.

'수업 끝나고 미술실로 와 줄래? 기다릴게.'

한세영이나 박소희나 미술실 꽤나 좋아한다. 미술 선생님 알면 기분 나쁘겠다. 그나저나 박소희가 수업 시간에 이런 걸 보내는 걸 보니 자기가 한 짓을 알긴 아는 모양이다.

나는 쪽지를 다시 반으로 접고 책갈피 속에 끼워 넣는다. 짝꿍이 옆구리를 자꾸 찔러 대도 꿈쩍도 하지 않는다. 짝꿍은 수업이 끝나고 내가 자리에서 일어설 때까지 쪽지를 보여 달라고 치근덕댄다. 진짜 집요한 애다.

박소희는 발돋움을 한 채 미술실 진열장에 나열되어 있는 석고상들을 유심히 들여다보고 있다.

"많이 기다렸냐?"

교실 뒤쪽에 밀어 놓은 책상 위에 걸터앉으며 묻는다. 아무 말없이 맨 가장자리에 진열된 석고상 앞으로 옮겨 간 박소희가 고개를 한껏 뒤로 젖힌다.

"난 이 석고상이 참 맘에 들어. 정면을 보고 있지만 실은 자기만의 생각에 골몰해 있는 듯한 이 표정과 부드러운 몸의 곡선……."

하여간 공부 잘하는 것들은 꼭 티를 낸다. 나는 '비너스 상'을 힐끔 쳐다본 뒤 박소희 등에 대고 묻는다.

"할 말이 뭐야? 나 시간 별로 없어."

그제야 등을 돌리고 나를 보는 박소희 얼굴이 무표정하다. 공부만 해서 그런가. 가까이서 보니 얼굴도 엄청 하얗다. 락스로 표백한 것 같다.

"아까 그 일…… 비밀로 해 주면, 안 되겠니……?"

애 말하는 것 좀 봐라. 잘못한 걸 사과부터 하는 게 순서 아닌가? 뭐 대강 그런 생각이 들었지만 입 밖으로 꺼내지 않는다.

"너라면…… 그렇게 해 줄 수 있을 거라고 생각해."

"왜?"

"그냥."

박소희는 내 눈을 똑바로 쳐다보고 입을 다문다. 야무진 입매가 유난히 돋보이는 애다. 공부 잘하는 것들은 도둑질을 해도 당당하구나……. 속으로 감탄하는 사이 박소희가 다시 그 석고상 앞으로 걸어간다. 그러곤 내게서 등을 돌리고 다시 한 번 석고상을 유심히 들여다본다.

"내가 그럴 수 있을지 없을지 잘 모르겠지만 이거 하나는 분명하다."

박소희가 저렇게 등을 돌리고 서 있으니 나는 박소희 등에 대고 말할 수밖에 없다. 무시당한 것 같아 은근히 기분 나쁘지만 그런 걸 일일이 지적하면 유치해질 것 같아 그냥 참는다.

"너, 많이 잘못했어."

목소리에 힘을 줘서 분명히 말한다.

"알아."

박소희는 여전히 등을 돌린 채 그렇다고만 한다.

"김은혜한테 사과해."

"나중에 하면 안 될까?"

내게서 등을 돌린 채 또박또박 제 할 말은 다 하는 박소희가 대단하게 느껴진다.

"언제 하든, 그건 상관없어. 하지만 반드시 해야 돼. 그렇게 하겠다고 약속하면 나도 비밀 지킬게."

"……."

박소희 등짝이 알았다고 말하는 것 같아 책상 위에서 내려온다. 그리고 혼자서 생각 좀 더 하라고 미술실 문을 조용히 닫고 나온다. 나는 교복 주머니에 양손을 찔러 넣은 채 이마 위로 흘러내린 머리칼을 입김으로 후 불어 올린다. 그렇게 하는 것이 멋지다는 생각이 든다.

교실로 오면서 은혜가 했던 말을 떠올린다. 나흘 만에 학교에 나온 은혜를 매점에서 마주쳤을 때 내가 물었다. 일요일 아침 나를 보고 왜 그렇게 도망가 버렸는지. 은혜는 단호한 얼굴로 내게 말했다. 너는 나를 믿어 줄 줄 알았어, 라고. 그러곤 한세영 일당과 함께 교실로 가 버렸다.

그땐 몰랐지만 은혜의 말이 아직도 내 가슴에 못처럼 박혀 있는 것 같다. 어쩌면 은혜에게 사과해야 할 사람은 소희가 아니라 나인지도 모른다. 하지만 지금은 하고 싶지 않다. 박소희처럼 내게도 시간이 필요할지 모르니까.

교실로 들어서자마자 책가방 들고 나서는 세영 일당과 또 마주친다. 그중에 은혜도 있다. 내가 먼저 시선을 피한 건 이번이 처음이다. 은혜는 이제 한세영과 아주 자연스럽게 어울린다. 두 사람이 절대 어울리지 않을 거라고 생각했는데, 솔직히 지금은 아닌 것 같다.

자리에 앉아 책가방 싸는데 또 짝꿍이 불쑥 끼어든다. 개념 없는 애라 상대하고 싶지 않지만 무작정 들이대는 짝꿍을 당해 낼 재간이 없다.

"난 진짜 궁금해."

말없이 짝꿍 얼굴을 본다.

"넌 안 궁금해? 누가 지갑과 MP3를 훔쳐 갔는지 말이야. 김은혜는 아니라는 게 밝혀졌는데 그렇담 누구란 말이니?"

야, 이 닭똥집아! 하고 소리치고 싶지만 참는다.

"사람이 참 집요해요. 그럴 정신 있으면 저거나 지우시지? 너 이번 주 당번 아니냐?"

그제야 짝꿍은 아, 참! 하고 소리치더니 책가방을 멘 채 교단 위로 뛰어 올라가 칠판을 지우기 시작한다. 그걸 보고 나서 나도 책가방을 싼다. 닭똥집만 조용히 입을 다물고 있으면 아마도 이번 도둑 사건은 이대로 우리 기억 속에서 희미해질 것이다. 열여섯이란 나이는 기억할 일이 너무도 많은 나이니까.

5
비밀을 교환하는 법

'박소희 사건'이 있은 후로 내 키는 정확히 1.7센티미터가 자랐다. 교복 스커트는 벌써 두 번씩이나 천을 덧대어 길이를 늘렸다. 영재는 틈만 나면 나더러 말라깽이 꺽다리라고 놀려댄다. 숏다리 주제에.

키만 봐도 우리 두 사람이 친남매가 아니란 거 너무 티 난다. 어쨌든 난 오늘도 저주스러운 키를 원망하며 짧아진 교복 치마를 입는다. 근데 오늘은 홀리데이 아니었나? 책상 위에 놓인 달력을 들춰 본다. 9월이 다 지나간 게 언젠데 내 달력은 여전히 9월에 머물러 있다. 달력을 넘겨 붉은 숫자를 찾는다. 10월 3일 개천절, 맞다!

다시 옷을 갈아입고 머리를 빗은 다음 거울 앞에 선다. 앞머리를 잘라서 그런가 오늘 아침은 생각보다 못생겨 보이지 않는다. 그러면 그렇지. 타고난 외모가 어딜 가겠냐. 나는 내 볼을 가볍게 툭툭 두드리고 난 뒤 방문을 나선다.

"아, 그러니까 관두라니까! 지가 무슨 슈퍼히어로라도 되는 줄 알아? 더 이상 수정 못 하니까 너도 그렇게 알아. 뭐, 계약금? 그거 도로 돌려주면 되잖아, 이 치사한 자식아!"

이건 또 무슨 날벼락이냐. 우리 아빠 엄청 열 받았나 보다. 웬만해선 전화기에 대고 욕 안 하는데.

"뭐? 드라마틱…… 긴장감? 에라이, 문외한들아! 그 작자 인생이 원래 그렇게 재미가 없는 걸 나더러 어쩌라고? 부모 잘 만나한재산 물려받아, 머리 좋아 일류 대학 나와, 젊은 나이에 국회의원 돼……. 이런 인생이 무슨 재미가 있냐? 고난도 없고 좌절도 없는 인생은 나도 재미없어 못 쓰겠더라. 그렇다고 다른 사람이 본받을 만한 선행을 한 것도 아니고, 역사적인 스캔들이 있는 것도 아닌데 무슨 수로 극적인 긴장감을 만들어 내? 이 인간 조동구, 거짓된 글은 쓰고 싶지 않다, 이거야. 더 말하면 내 입만 아프다. 하여튼 난 안 해, 손 뗀다."

그러곤 수화기를 소리 나게 내려놓는다. 우리 아빠 저럴 땐 참 박력 있어 보인다. 옆에서 듣고 있는 엄마 속은 까맣게 탔겠지만. 그러게 애초에 내가 자서전 쓰는 일은 하면 안 된다고 했는데.

"내, 참 드러워서…… 당신, 계약금 받은 거 아직 있지?"

우리 아빠 한다면 하는 분이다. 이제 무이자 12개월 할부로 산

노트북값은 어떻게 갚는담. 심란한 얼굴로 옆에서 듣고 있던 엄마는 말없이 안방에 들어가 통장과 도장을 가지고 온다. 그러곤 두말 않고 아빠 손에 그것들을 쥐여 준다.

"당신이 자존심까지 죽여 가며 그런 글 쓰는 거 나도 싫어요. 적어도 우리 아이들한테 부끄러운 짓은 하지 말아야지."

우리 엄마 어디 아픈가 보다. 돈이라면 자다가도 벌떡 일어나는 사람인데. 내 앞에서 괜히 멋있는 척하려고 저러는 거 아냐?

"사람들이 말이야, 자서전은 아무나 쓰는 건 줄 알아. 오갑이 이 자식은 일을 가져와도 꼭 이딴 걸 가져와서는. 아, 찾아보면 훌륭한 사람들이 얼마나 많은데……."

"돈 돌려주고 안 한다고 하면 되니까 더 이상 신경 쓰지 말자고요."

진짜 적응 안 되네. 저렇게 나오니까 꼭 우리 엄마 아닌 것 같다. 지금 우리 집 경제가 불황의 늪에 빠져 있다는 걸 잊으셨나? 두 분 다 현실감각이라곤 눈곱만치도 없어 가지고는. 그러니 날마다 사는 게 이 모양이지. 모처럼 용돈 좀 달라고 말하려고 했는데 입이 떨어지지 않는다.

슬며시 영재 방으로 들어가 본다. 영재는 집안이 어떻게 돌아가든 상관없이 꿈나라에 가 있다. 세상 참 편하게 살아서 좋겠다. 침대 끄트머리에 엉덩이를 걸치고 앉아 영재 옆구리를 찔러 본다. 살았는지 죽었는지 꿈쩍도 하지 않는다. 이번엔 어깨를 붙들고 세게 흔들어 본다.

"좀 일어나 봐."

이번엔 아예 이불을 확 걷어 버린다. 영재는 그제야 얼굴을 찌푸리며 겨우 눈을 뜬다.

"아, 왜!"

"나 돈 좀 빌려줘."

"누나한테 꿔 줄 돈이 어딨어?"

"그러지 말고 좀 내놔 봐. 정말 중요한 일이 있어서 그래. 이건 너한테도 중요한 일이야."

"무슨 일인데?"

"있어. 나중에 이야기해 줄게. 지금은 급하니까 우선 돈 좀 줘 봐."

"그럼 꼭 갚아야 돼."

침대에서 일어난 영재가 책상 서랍 속에서 지갑을 꺼낸다. 으이구, 순진한 내 동생. 도저히 미워할 수가 없는 애다.

"5만 원."

"그렇게나 많이? 나…… 3만 원이 전분데."

"그럼 그거라도 줘."

영재가 내민 지폐를 재빨리 받아 쥔다.

"고맙다, 내 동생."

그렇게 말하고 엉덩이를 툭툭 두드려 준다. 매번 나한테 속으면서 또 속는 영재가 좀 미련스럽게 느껴지긴 했지만 그래도 정말 착한 녀석이다.

돈을 주머니 속에 집어넣고 영재 방에서 나온다. 아침 먹어야 하는데 엄마 아빠 모두 안방에 들어가 계신다. 막상 받은 돈을 돌려주려고 생각하니 밥 생각도 없으신 거겠지. 혼자서 대충 아침밥을 차려 먹으려고 하는데 안방에서 엄마가 나오신다.

엄마는 조용히 내 곁을 스쳐 지나가 부엌으로 간다. 요새 우리 엄마 정말 이상하다. 우리 담임을 만나고 난 뒤로 나한테 부쩍 친절하고 잔소리도 하지 않는다. 엄마가 그러면 그럴수록 이상하게도 엄마와 나 사이가 더욱 서먹해지는 것 같다. 차라리 예전처럼 엄마가 잔소리하고 소리치며 가끔씩 손등이나 엉덩이도 때려 주었으면 좋겠다.

엄마가 식탁 위에 차려 준 밥을 먹으며 힐끔힐끔 엄마 뒷모습을 훔쳐본다. 땅이 꺼져라 한숨을 쉬던 엄마가 들고 있던 행주로 싱크대 위며 가스레인지를 구석구석 닦기 시작한다. 얼마나 속이 상하면 저럴까 싶다.

엄마는 행주를 내려놓고 한숨을 내쉬더니 갑자기 무슨 중대 결심이라도 선 듯한 얼굴로 내 맞은편 식탁 의자에 와서 앉는다.

"우리 딸…… 엄마 좀 볼래?"

엄마의 부드러운 목소리, 적응 잘 안 된다. 나는 천진난만한 표정을 지으며 엄마 얼굴을 본다.

"왜? 엄마도 오늘따라 내가 예뻐 보여?"

"그러엄. 우리 은재 예쁘지. 슈퍼모델감인데."

"치, 누가 들으면 웃겠다."

"거짓말 좀 보태서 그렇다고."

역시 그렇지. 홍 여사는 이런 게 어울린다니까.

"밥 다 먹었으면 엄마랑 얘기 좀 할까?"

나 참, 적응 안 되게 왜 이러셔. 설마 나한테 돈 벌어 오라는 소리는 안 하시겠지? 나는 숟가락을 내려놓고 엄마 얼굴을 본다. 엄마 눈가에 잔주름이 자글자글한 게 보인다. 영양 크림도 안 바르나 보다.

"우리 딸, 엄마랑 처음 만났을 때 기억나니?"

또 시작이다. 우리 엄마가 옛날이야기를 꺼낼 때는 내가 무슨 잘못을 저질렀을 때뿐인데. 하여간 내가 그날 일을 어떻게 잊을 수 있담. 그야말로 내 인생의 제2막이 시작되는 순간이었는데.

엄마에 대한 내 최초의 기억은 별로 좋지 않다. 그때까지만 해도 난 보육원 2층 침대 안의 담요에 숨어 낯선 사람을 경계했다. 누군가 날 건드리기만 해도 언제든 박치기 한 방으로 날려 버릴 준비를 한 채로 말이다. 아기였을 때 일어난 일들을 어떻게 다 기억하냐고? 그건 모르는 소리다. 잠깐 동안이라도 보육원에서 살아 본 아이들은 알 수 있다. 그 낯설고 생경한 분위기 속에서는 모든 것들이 다 선명하다는 것을 말이다. 지금도 눈을 감으면 언제나 발끝을 들어 올리고 걷던 에스텔 수녀님의 발자국 소리가 들리는 것 같다.

열여섯이 되었다고 해서 모든 걸 다 잊은 건 아니다. 그냥 잊고 사는 척했을 뿐이다. 어쩌면 나는 내 앞에 앉아 있는 우리 엄마보다도 더 많이 인생을 알고 있는지도 모른다.

어쨌거나 보육원 시절의 나는 거의 언제나 매일같이 화가 나 있었다. 대체 무엇 때문에 그렇게 화가 났었는지는 잘 모른다. 하여간 나는 분홍 아줌마들(우리는 분홍색 옷을 입은 자원봉사자들을 그렇게 불렀다)이 아무리 손짓을 해도 내 침대 바깥으로 나오고 싶어 하지 않았다. 무슨 일이 있어도 거긴 안전하다고 생각했던 것 같다. 타조가 사막의 모래 속에 자기 머리를 처박고 안전하다고 느끼는 것처럼 말이다.

우리 엄마가 처음부터 날 입양하려고 했던 것은 아니다. 그건 에스텔 수녀님이 말해 줘서 알고 있다. 엄마와 아빠는 아주 갓난 아기를 원했다. 아마 자신들이 여섯 살이나 먹은 계집아이를 데려다 키우게 되리라곤 상상도 못했을 거다.

"저 아이의 영혼은 너무도 큰 상처를 받았어요. 그래서 낯선 사람만 보면 저렇게 으르렁거린답니다."

내가 처음 엄마 손목을 물어뜯었을 때 에스텔 수녀님이 엄마에게 속삭이는 소리를 들었다.

우리에겐 일주일에 세 번씩 아기방에 있는 아가들과 놀 수 있는 기회가 주어졌다. 나는 거기서 내 마음에 쏙 드는 한 여자 아기를 발견했다. 아기방에 있는 아가들 중에서 그 아가처럼 많이 우는 아가는 없었다. 한번 울기 시작하면 목이 쉴 정도로 울었으니까. 그렇게 울던 아가가 내 품에 안기면 울음을 뚝 그치는 게 신기했다. 그래서 나는 수녀님께 허락을 받아 거의 매일 그 아기와 함께 있었다.

우리 엄마 아빠는 내가 좋아하는 그 아기와 선을 보게 되었다. 선을 본다는 말은 곧 그 아기를 입양할 수도 있다는 말과 같아서 난 너무도 화가 났다. 어른들이 왜 내게서만 모든 것을 빼앗아 가려고 하는지 이해가 되지 않았다.

나는 그동안에도 너무 많은 것들을 빼앗겨 본 경험이 있었기 때문에 더 이상은 빼앗기고 싶지가 않았다. 그래서 엄마가 아기를 안고 있을 때 그 하얗고 가느다란 손목을 물고 늘어졌다.

깜짝 놀라서 달려온 분홍 아줌마들이 엄마에게서 나를 떼어 내려고 안간힘을 썼지만 나는 떨어지지 않았다. 엄만 속으로, 뭐 이런 괴물 같은 애가 다 있어, 하며 놀랐다고 한다. 그 일로 엄마 아빠는 입양을 포기하고 집으로 돌아갔다.

"참 이상하다고 생각했어. 집으로 돌아온 이후로 자꾸만 네 얼굴이 떠오르는 거야. 도저히 여섯 살 먹은 여자아이의 얼굴이라고 생각되지 않는 그 괴물 같은 표정이 말이야……."

어쩌면 수백 번도 더 들었을 이 말을 또 듣고 앉아 있다. 매번 이 이야기를 들을 때마다 내 얼굴이 달아오르는 것을 엄마는 모르나 보다.

"당장 너를 데려오지 않으면 평생 그 얼굴이 날 따라다니며 괴롭힐 것 같은 생각이 들었어. 그래서 결심한 거야. 널 웃게 해 주려고."

처음엔 쉽지 않았다. 난 엄마 아빠가 타고 온 자동차에 실려 가지 않으려고 발버둥을 쳤다. 이미 그전에 엄마랑 친해지긴 했지만 막상 에스텔 수녀님 곁을 떠난다고 생각하니 덜컥 겁이 났던 것이다. 아빠는 차 안에서 울다 지친 나를 안고 집으로 들어왔다. 그리고 그날부터 전쟁이 시작되었다.

그때 내가 왜 그렇게 엄마를 괴롭혔는지 지금도 잘 모르겠다. 또다시 거부당할 게 두려웠던 걸까? 나처럼 치명적으로 반복해서 누군가로부터 거절을 당해 본 사람들은 다시는 거절당하지 않으려고 발버둥 치기 마련이니까. 어쩌면 나는 엄마가 나를 버리지 않을 거라는 확신이 들 때까지 엄마를 시험하고 싶었던 건지도 모른다.

훌쩍. 옛날 생각하니 또 코끝이 찡하다. 그때 겪었던 일들은 아무리 오랜 시간이 흐른다고 해도 잊힐 것 같지가 않다.

"네가 날 새롭게 태어나게 만들었단다. 난 네 엄마가 되었고 넌 내 딸이 되었으니까. 물론 이렇게 되기까지 힘든 과정이 있었지만 우린 잘 이겨 냈어. 엄만 다시 태어나도 조은재와 조영재 엄마로 살고 싶단다. 넌 어떤지 모르겠지만……."

근데 우리 엄마 좀 오버한다. 대체 내가 뭘 잘못했지? 아무리 생각해 봐도 모르겠다.

"엄마!"

이럴 땐 단도직입적으로 묻는 게 상책이다. 모처럼 감상에 빠져 있던 엄마가 내 얼굴을 멍하니 쳐다본다.

"아, 말해. 빙빙 돌리지 말고. 대체 왜 그러는데?"

엄마는 한참을 망설이다 입을 연다.

"학교에서 은재가 써 낸 작문 숙제…… 엄마도 읽었어."

작문 숙제를…… 읽었다고……? 내가 대체 뭐라고 썼더라……. 오래전 일이라 기억도 나지 않는다. 내 기억력은 유통기한이 3일이니까 3일 전에 일어난 일은 무조건 옛날 일이다. 그렇게 오래된 일을 어떻게 다 기억하냐고.

하여간 작문 선생님한테 불쌍하게 보이려고 온갖 거짓말은 다 지어낸 것 같긴 하다. 그래야 작문 선생님이 나를 괴롭히지 않을 것 같아서. 어쨌거나 그걸 엄마가 읽었다면 충격 좀 받았을 거다. 그러니 엄마가 이렇게 나오는 것도 무리는 아니지. 나는 갑자기 큰 소리로 웃기 시작한다. 우리 엄마 성격만 좀 나쁜 줄 알았더니 이렇게 또 엄청 소심한 데가 있으셨나? 하여간 엄마의 약점을 하나씩 발견하는 것도 나름 통쾌한 일이다. 그래, 며칠 전부터 어쩐지 이상하다 했더니만.

"으이구, 우리 홍 여사 순진하기는. 그걸 다 믿는단 말야? 쪽수 채우려고 거짓말 좀 보탠 건데……."

그렇게 말했는데도 엄마는 심란한 표정을 거두지 않는다.

"엄마, 그동안 반성 많이 했어. 네 진짜 속마음도 모르고 엄마 혼자서만 널 소유하려고 했던 건 아닌지. 혹시라도 내 딸 누가 빼앗아 갈까 봐, 겁이 좀, 났었나 봐. 솔직히 처음엔 정말 섭섭하더구나. 네가 그렇게까지 생각하고 있는 줄은 정말 몰랐거든. 하지

만 이젠 알았으니 됐어. 그리고…… 네가, 널 낳아 준 분에 대해
궁금해하는 건…… 어쩌면 당연한 거야……. 그래, 당연하고말
고. 핏줄인데.”

날 낳아 준 분……이라고? 내가 그런 말도 썼나? 해도 너무 했
다. 난 더 이상 큰 소리로 웃기가 미안해져서 입을 다문다. 때마
침 전화벨이 울려 엄마가 자리에서 일어난다.

이때다 싶어 재빨리 내 방으로 들어온다. 이럴 땐 튀는 게 상책
이다. 잘하면 또 캠프 가게 생겼다. 엄만 거기서 건강한 입양에
대해 다시 배워 오라고 할지 모른다. 입양은 부끄러운 일이 아니
라는 둥 사람들에게 입양에 대해 당당하게 말할 수 있어야 한다
는 둥…… 이미 다 아는 사실들이다.

하지만 엄마, 그거 알아? 엄마랑 내가 아무리 당당해도 세상은
아직 그렇지 못하다는 걸 말이야……. 우리 반 아이들이 조은재
엄마는 ‘가짜 엄마’래. 내가 처음 엄마를 그렇게 불렀던 것처럼.

꼬륵 끅. 훌쩍훌쩍.

별로 슬픈 이야기도 아닌데, 혼자서 펑펑 울고 있다. 눈물 콧물
이 범벅이 되어 귀염성 있는 얼굴을 다 적신다. 그런 나를 옆자리
에 앉아 있는 여자가 힐끔힐끔 쳐다본다. 주머니에서 휴지를 꺼
내 코를 풀자 이번엔 앞에 앉아 있던 어떤 아저씨가 신경질적으

로 고개를 홱 돌리고 쳐다본다.

어둠 속이지만 그 아저씨가 노려보는 거 알 수 있다. 하지만 나도 모르게 눈물이 줄줄 흘러나오는 것을 어쩌라고. 애초에 극장에 오지 말았어야 했는데. 그냥 늘 하던 대로 노래방에 처박혀 마음껏 소리나 지를 걸 그랬다.

근데 그 안과 의사 돌팔이 아냐? 정말로 글자가 보이지 않는다고 하는데도 내 시력에 아무 문제가 없단다. 그러다 영영 못 보게 되면 책임질 것도 아니면서. 아, 근데 눈물은 왜 저 혼자 쏟아지고 난리야. 사람 민망하게.

'아, 왜 자꾸 우세요? 이런 식으로 사람 괴롭히는 거 유치하지도 않으세요?'

말이 통할 리가 없지. 협상을 하든가 해야지 이러다 정말 미친 사람 취급받기 딱 좋다. 더 있다간 사람들한테 몰매 맞을까 봐 자리에서 일어선다.

순간 뒷자리에서 뭐라고 웅성거리는 소리가 들리고, 뒤이어 아, 빨리 좀 비켜요, 하는 남자 목소리가 뒤통수에 와서 꽂힌다. 나가요, 나가. 누가 안 나간대? 몸을 한껏 구부리고 자리에서 일어난다. 어두컴컴해서 잘 보이지 않는 길을 더듬어 밖으로 나온다.

"저 영화 무지 슬픈가 봐."

엘리베이터 안 포스터를 들여다보고 있던 여자가 퉁퉁 부은 내 눈을 쳐다보더니 옆에 있던 남자에게 속삭인다.

"이 영화 엄청 웃기다고 들었는데?"

나는 고개를 숙인 채 1층 버튼을 누르고 뒤쪽으로 가서 선다.

이제 어디로 간담. 약속 시간은 아직 한참이나 남았는데. 극장을 빠져나와 그냥 걷기 시작한다. 사실 나, 지금 머리 무지 복잡하다. 그 일이 있은 후로 엄마와 내 사이는 예전 같지 않다. 다행히 캠프행 버스에 실려 가진 않았지만 이상하게도 엄마만 보면 화가 나서 말을 심하게 한다.

내가 왜 그러는지 나도 잘 모른다. 어쩌면 그동안 잠잠했던 할머니가 본격적으로 엄마를 괴롭히려고 작정을 한 건지도 모른다. 할머닌 평생 우리 엄마를 미워하다 돌아가셨으니까. 할머니가 엄마한테 감정 많은 건 알겠는데 이런 식으로 나오면 나도 정말 곤란하다.

극장 주변만 뱅뱅 맴돌다 약속 장소인 공원으로 발걸음을 돌린다. 가는 길에 보니 한세영네 치킨집이 있는 상가 건물 옥상 위에 사람들이 우르르 몰려 있다. 모두들 한결같이 이마에 붉은 글씨가 적힌 천을 두르고 손에는 피켓을 들고 있다. 상가 중 몇 곳은 이미 텅 비어 있다. 거기 세 들어 있는 사람들은 올해가 끝나기 전에 자리를 비워 줘야 한다.

아빠 말에 의하면 그 사람들이야말로 억울한 사람들이란다. 아빠가 너무 복잡하게 설명해서 잘은 모르지만 어쨌든 개발을 한다고 다 좋기만 한 건 아닌 것 같다. 건물 옥상에서 큰 소리로 소리치는 사람들을 구경하느라 시간을 지체한 나는 서둘러 공원으로 달려간다.

은혜는 공원 내 벤치에 앉아 뜨개질을 하는 중이다. 머뭇거리던 나는 그쪽으로 다가가 은혜 옆에 털썩 주저앉는다.

"우리 이렇게 단둘이 만나는 거 오랜만이지?"

어색한 분위기를 바꿔 보려고 먼저 말을 건다. 은혜는 뜨개질하던 손을 멈추고 고개를 옆으로 돌린다.

"먼저 전화해 주기를 얼마나 기다렸는데."

은혜가 입을 다물고 수줍게 웃는다. 콧잔등을 살짝 찌푸리며 웃는 모습을 보니 내 마음이 다 환해지는 것 같다.

"아빠가 돌아오셨다면서?"

내가 묻자 은혜가 고개를 끄덕거린다. 한세영만 알고 있다는 은혜의 비밀, 그건 바로 은혜 아빠였다. 은혜 아빠 교통사고를 내서 감옥에 계셨는데 며칠 전 집에 돌아오셨다고 한다. 은혜 아빠가 돌아왔으니 이제 은혜의 비밀이 저절로 사라져 버린 것이다.

"하지만 집에 오래 계시진 않을 거야."

은혜는 실과 대바늘을 가방 안에 집어넣으며 심드렁하게 말한다.

"원래 그런 분이거든. 아빤 벌써부터 우리랑 함께 사는 게 지긋지긋하대."

"엄만 좀 괜찮아지셨니?"

"응, 큰 고비는 넘겼으니까 당분간은 또 괜찮으실 거야. 욕창이 생겨 힘들긴 하시지만."

나도 은혜도 바람에 흔들리는 플라타너스 나뭇가지를 쳐다본다. 나만 복잡한 인생을 살고 있다고 생각했는데 은혜 인생도 나만큼 복잡한 것 같다. 그것만으로도 우리 두 사람이 무척 가까운 사이가 된 것 같다.

"뭘 만드는 중이었니?"

가방을 가리키며 내가 묻자 은혜가 또 콧잔등을 살짝 찌푸린다.

"마무리만 하면 되는데 엄마가 요새 부쩍 팔이 아프다고 그래서 내가 대신 맡았어. 보드래 수예점 아줌마가 우리 사정을 알고 꾸준히 일감을 주시거든. 이래 봬도 나 옷이나 식탁보 같은 것도 잘 만든다. 우리 엄마 하는 걸 옆에서 지켜봤거든."

은혜 엄마는 좁은 방안에 갇혀서 계절이 지나가는 것도 모른 채 뜨개질만 하신다. 공사장에서 일하다 척추를 다쳤는데 치료를 제대로 받지 못해 하반신까지 마비가 되었다고 한다. 그래서 줄곧 그렇게 누워만 지내시는 거다. 1년 내내 딱딱한 침대 위에 누운 채로 지내려면 얼마나 힘이 들까?

"이제 네 차례야."

은혜가 눈을 동그랗게 뜨고 말해서 내가 움찔 놀란다.

"벌써 잊었어? 우리 비밀 교환하기로 했잖아. 난 다 말했으니까 이제 네 차례야."

나는 말없이 공원 한복판 분수대가 있는 곳으로 시선을 향한다. 머리가 백발인 할머니 한 분이 강아지와 함께 분수대를 따라 걷고 있다. 그 할머니를 보자 우리 할머니 생각이 난다. 우리 할머닌 강아지 엄청 싫어했는데.

"어서 말해 줘. 궁금하단 말이야."

은혜가 재촉해서 더 이상 미룰 수가 없다. 나는 결국 은혜에게 할머니 얘기를 하고 만다. 안 그래도 커다란 은혜 눈동자가 훨씬 더 커진다.

"말도 안 돼!"

그러면서 고개를 세차게 흔든다.

"네가 이렇게 나올 줄 알았어. 그래서 말 안 하려고 했던 건데……."

"넌 무섭지도 않아?"

"솔직히 처음엔 무서웠는데 이젠 하나도 안 무서워."

"넌 정말 알 수 없는 애야."

"그건 너도 마찬가지야."

우리는 얼굴을 마주 보고 웃는다.

"그럼 이제 어떻게 할 셈이니?"

"내가 알아보니까 죽은 사람이 산 사람 몸에 들어오는 건 뭔가 할 일이 있기 때문이래."

"그런 걸 어떻게 알았어?"

"인터넷이 있잖아."

은혜가 으응, 하고 고개를 끄덕거린다.

"왜 그런지는 모르지만 할머닌 뭐든지 속 시원하게 말해 주지 않아. 어쨌든 지금까지의 할머니 행동으로 봐선 누군가 찾고 계신 건 분명해. 그게 누군진 모르지만."

"누군지 궁금하다."

"그렇지? 실은 나도 그래."

그렇게 말하고 난 뒤 잠시 침묵에 빠진다. 은혜에게 털어놓고 나니 한결 홀가분한 것 같긴 하다. 진작 말할 걸 그랬다는 생각이 든다.

"가끔 내 의지가 아닌 할머니 의지로 행동할 때가 있어."

생각에 잠겨 있던 은혜가 나를 본다.

"특히 말을 할 땐 더욱. 그래서 요새 엄마랑 사이가 좋지 않아. 너도 알다시피 우리 할머닌 엄마를 많이 미워했잖아."

은혜는 대강 알 것 같다는 표정으로 고개를 끄덕인다.

"너도 참 골치 아프겠구나."

"응. 왜 하필이면 나한테 이런 일이 일어났는지 모르겠다."

좀 더 앉아 있다가 우리는 벤치에서 일어났다.

"있지, 우리 할머니가 방금 그러시는데 은혜 넌 잘살게 될 거래."

내 말에 은혜가 엄마야, 하고 소리치며 내 팔을 붙잡는다. 그 바람에 우리 둘 다 큰 소리로 웃는다. 정말이지 간만에 들어보는 기분 좋은 웃음소리다.

"너 남편 잘 만나 사모님 소리 듣고 사는 거, 나도 보고 싶다."

나는 은혜 아빠가 또다시 감옥에 가게 될 거라는 말은 하지 않는다. 사람들이 자신의 미래를 알 수 없다는 게 얼마나 다행인지…… 은혜는 내 얼굴을 올려다보더니 피이, 하고 웃어 버린다.

"넌 어때? 잘살 거래?"

은혜가 장난스레 묻는다.

"넌 중이 제 머리 못 깎는다는 소리도 못 들어 봤냐? 난 내 미래는 볼 수 없어. 우리 할머니가 입을 열지 않거든."

그렇게 말하고 입을 다문다. 방금 내 머릿속에 어떤 여자 얼굴이 떠올랐기 때문이다. 꿈에서도 매번 똑같은 얼굴을 본 것 같은데 도대체 누군지 알 수가 없다. 그 여잔 아주 초라한 행색을 하고 어떤 비좁은 방구석에 몸을 웅크리고 앉아 있다.

공원에서 나온 우리는 버스를 타고 시내에 있는 패밀리 레스토랑으로 향했다. 예전부터 은혜와 꼭 한 번 가 보고 싶었던 곳이다. 돈을 빌려준 영재한테는 미안하게 됐지만 은혜와 폭찹 스테이크를 먹을 생각을 하니 벌써부터 입안에 침이 돈다.

"어? 저기 두 사람……."

버스에서 내린 뒤 두 블록쯤 걸었을 때 은혜가 내 옆구리를 쿡 찌른다. 은혜의 시선을 따라가 본다. 한 쌍의 남녀가 길가 테이크아웃 커피 전문점의 빨간 천막 지붕 아래 서 있다.

"박영호랑 김미순…… 맞지?"

두 사람 딱 걸렸다. 내가 고개를 끄덕거리자 은혜가 황당하다는 듯 고개를 젓는다

"뭐야, 저 두 사람……!"

흥분한 은혜를 내버려 둔 채 이제 막 종이컵에 든 커피를 받아 들고 나란히 걷기 시작한 두 사람의 뒷모습을 본다. 두 사람은 남

의 시선을 의식한 듯 약간 떨어져서 걷다가도 서로 눈이 마주치면 수줍게 웃는다. 분위기상 둘이 사귀는 게 분명하다.

"어떻게 저럴 수가 있어?"

은혜는 자신의 첫사랑을 가로채 간 여자가 작문 선생님이라는 사실이 더 믿기지 않는 모양이다.

"내가 이럴 줄 알았다니까."

"뭐야, 넌 알고 있었단 말이야?"

"어째 예감이 그렇더라고."

"야, 넌 저 두 사람이 어울린다고 생각해? 이건 절대 안 되는 일이야. 널 학교 가서 다 퍼뜨려 버릴 거야!"

이거 학교에 소문나면 그야말로 핵폭탄감이다. 아직도 담임에 대한 사랑으로 목매다는 애들이 몇인데. 작문 선생님한테 감정 많기로 치자면 나를 따라올 사람이 없겠지만 이 일이 밝혀지고 나면 우리 반 애들 절반은 작문 선생님 책상 위에 폭탄을 집어 던질지도 모르는 일이다. 열여섯의 사랑은 그만큼 무모하고 또 무서운 거니까.

"너 남녀 사이는 모르는 거다. 저 두 사람이 오늘은 연인 관계라고 해도 내일은 원수가 될 수 있는 거야."

"그래서? 그래서 넌 순진한 우리 영호 씨가 저 여우 같은 작문 선생님의 유혹에 넘어간 게 아무렇지도 않단 말이니?"

참 나, 낯간지럽게 영호 씬 또 뭐냐. 나는 새어 나오려는 웃음을 참으며 은혜를 바라본다.

"그냥 모른 척해 주자."

"싫어!"

은혜가 완강히 고개를 흔든다. 그동안 두 사람은 음식점이 많이 있는 골목길로 사라져 버려 보이지 않는다. 은혜는 두 사람이 사라진 쪽을 보며 발을 동동 구르고 있다. 매일 밤 은혜의 일기장을 가득 채웠을 그 이름 석 자 박영호를 부르며…….

지들이 무슨 여자 F4냐. 있는 대로 멋을 부리고 와선 서 있는 폼이라니. 넷 중에 둘은 요즘 한창 유행하는 소라빵 머리를 하고 나왔다. 집에서 쓰는 고데기로 저희들끼리 서로 말아 준 거 많이 티난다. 할 거면 제대로 해야지 내 보기엔 소라도 아닌 것이 고둥도 아니다. 아무나 한다고 다 어울리는 게 유행인 줄 아나 보다.

내가 다가가자 한세영이 한 발짝 앞으로 나온다. 이럴 때 껌은 필수인가? 네 명 다 우적우적 껌 씹는 얼굴이다. 아귀 아프겠다. 안 그래도 큰 얼굴 더 커지면 어쩌려고.

"꿇어!"

참 나, 어디서 본 건 있어 가지고. 이 천하의 조은재를 무릎 꿇리겠다고 나온 한세영이 막 귀여워지려고 한다. 좀 조용히 살려고 했더니만.

"어서 꿇어!"

116

"너 영화 많이 봤구나?"

내가 빈정거리자 뒤에 서 있던 나머지 잔당들이 앞으로 조금씩 걸어나온다. 일부러 인상을 험악하게 구기는 폼이 참 안쓰럽다.

"빨리 무릎 꿇으라니까!"

"싫어."

"좋아, 그럼 서서 얘기해."

이건 무슨 코미디도 아니고. 웃다가 죽게 생겼다.

"마음의 준비는 되었냐?"

뒤에 서 있던 나경희가 깝죽거리며 묻는다. 피곤하게 생긴 아이다.

"날 여기까지 나오라고 한 이유가 뭐냐?"

나는 나경희를 무시하고 한세영에게 묻는다. 이럴 땐 키가 커서 다행이다. 저절로 상대를 내려다볼 수 있으니까. 그것만으로도 한세영은 기가 한풀 꺾인 느낌이다. 한세영은 나와 눈을 맞추느라 고개를 한껏 쳐들어 올리고 있다.

짧은 치마 밑으로 나온 한세영의 실한 허벅지가 보인다. 코끼리 다리에 치마 입혀 놓은 것처럼 무지 어색하다. 그러게 그냥 유도나 열심히 할 것이지 왜 이런 찌질이들의 두목이 되어서 고생을 한담. 어울리지 않는 치마에 소라빵에 한세영도 나름대로 애많이 쓰는 것 같다.

"진작부터 좀 손봐 주려고 했는데 우리가 그동안 졸라 바빴다. 너, 네가 재수 없는 건 알고 있냐? 우리 반에서 너만 우리에 대해 잘 모르는 것 같아서 이번 기회에 가르쳐 주려고."

그딴 거 안 배워도 된다. 굳이 가르쳐 주겠다면 할 수 없지만. 내가 코웃음을 치자 한세영 얼굴이 또 시뻘개진다. 얘, 안면홍조증 있나 보다.

"야, 쳐!"

한세영이 소리치자 맨 뒤에 서 있던 정선영이 앞으로 나온다.

퍽!

갑자기 튀어나와 주먹을 날리다니. 생긴 것만큼 무식한 기집애다. 눈에서 번쩍하고 번갯불이 튀는 것 같다. 나는 내 비장의 무기인 박치기를 정선영 얼굴을 향해 날린다. 끄떡도 하지 않는다. 그동안 써먹질 않아서 그런가. 난감해하고 있는 사이, 세 명의 아이들이 우르르 몰려오는 게 보인다. 그러곤 뒤죽박죽이다. 분명한 것은 내가 때리는 횟수보다 맞는 횟수가 더 많다는 거다.

그리고 얘네들, 유치하게 내 머리채를 잡고 흔든다. 나도 누군가의 머리채를 휘어잡아 보지만 소란지 고등인지 자꾸만 손가락 사이로 빠져나간다. 그래도 여기서 지면 끝장이라는 생각으로 버틴다. 한번 지게 되면 계속 지게 되는 거다.

이래봬도 일명 악바리 조은잰데. 상대가 먼저 지쳐서 나가떨어질 때까지, 헉헉……! 영화 같은 데 보면 이럴 때 꼭 내 편이 되어 줄 누군가가 이단 옆차기를 하며 등장하던데. 하긴, 그러니까 영화지……. 헉헉, 이 기집애들 진짜 세다!

"야아아아!"

어라? 은혜다. 정신을 차리고 눈을 부릅뜬다. 이단 옆차기는 아니지만 '묻지 마 폭격' 정도는 되겠다. 근데 쟨 대체 어디에 있다 이제야 튀어나온 거야? 갑자기 나경희가 제 코를 움켜잡고 자리에 주저앉는다. 은혜는 지금 한창 정선영과 대치 중인데.

이제 보니 은혜 말고 내 편이 한 사람 더 있는 것 같다. 무늬가 다 닳은 헐렁한 몸뻬 입고 꽃무늬 티셔츠를 입은 우리 할머니 말이다. 할머니는 한 마리 새처럼 가볍게 날아다니며 보이지 않는 발차기 공격으로 상대를 혼란에 빠뜨리는 중이다. 엉덩방아를 찧고 앉아 있던 나는 씩 웃으며 다시 자리에서 일어선다. 4대 3이면 해볼 만한 싸움이지.

악당에게 실컷 두드려 맞던 주인공은 갑자기 힘을 얻어 다시 악의 무리에 맞서 싸우고, 결국 승리한다……. 이 정도 시나리오쯤은 되어야 영화가 되지. 나도 열심히 싸운다. 쌍코피 터질 때까지 맞고 또 맞고, 그러다 한두 번은 내 주먹이 상대 얼굴에 가서 부딪치기도 한다. 우리 모두 이렇게 열심히 공부를 했으면 전교 1등은 문제도 아닐 텐데.

갑작스러운 은혜의 돌발 행동에 놀란 한세영 일당이 먼저 나가떨어졌다. 그러게 지렁이도 밟으면 꿈틀거린다고 하는 거지. 한세영은 네 명이 두 명한테 졌다는 사실이 믿기지 않는다는 듯 멍한 얼굴이다. 하긴 그럴 만도 하겠지. 이 싸움판에 우리 말고 한 사람이 더 있었다는 걸 이 멍청한 기집애들이 알 턱이 없으니까.

"너, 너희들…… 젠……장……. 혁혁…… 완전 재수 없어!"

마지막까지 유치한 대사를 날려 주시는 저 센스. 한세영이 서둘러 잔당들을 수습해 가 버리고 나자 산속에 우리 둘만 남는다. 바람이 차다. 그 찬바람이 나와 은혜 얼굴을 또 한 번 할퀴고 지나간다. 무지 아프다.

"어떻게 된 거야?"

그렇게 말하고 낙엽이 깔려 있는 땅바닥 위에 누워 버린다. 하늘엔 구름 한 점 없다.

"네 짝꿍이 말해 줘서 알았어. 세영이가 널 학교 뒷산으로 오라고 해서 네가 나갔다고."

닭똥집도 이럴 땐 쓸만하구나. 나는 콧구멍을 막고 있던 휴지 뭉치를 빼서 바닥에 던져 버린다. 이제 피는 멈춘 것 같다.

"그전부터 세영이가 널 좋지 않게 생각하고 있긴 했지만 정말로 이렇게까지 할 줄은 몰랐어. 아마도…… 나 때문인 것 같아."

"또 자책한다."

"세영인 내가 말해 버릴까 봐 두려운 거야."

"뭘?"

"세영이 비밀."

아, 그래. 누구나 다 비밀은 있는 거니까.

"걔네 엄만 세 번째 엄마야. 근데 걘 그 사실이 너무 창피한가 보더라."

'가짜 엄마'와 '세 번째 엄마' 중 누가 더 진짜에 가까운 엄마일까.

"근데 걘 유도부는 왜 탈퇴했대? 대회 나가면 늘 이겼으면서."

예전부터 궁금했던 거다. 한세영은 전국 중등부 선수 중에 힘과 기술이 제일 좋은 애였다. 그런 애가 갑자기 3학년이 되고 나서 유도부를 탈퇴해 버렸던 것이다.

"걘 여자가 유도하는 게 싫은가 봐. 걔네 아빠 꿈이 세영이가 국가 대표 유도 선수가 되는 건데."

"걔도 참 머리 아프겠다."

"응. 속은 착하고 여린 앤데 그 여린 마음을 들킬까 봐 저렇게 포장하고 다니는 것 같아. 아마도 마음을 내려놓을 데가 없어서 저러는 거겠지."

걔는 자기 마음도 들고 다니나 보다. 알면 알수록 이상한 애다.

"그나저나 네가 나한테 비밀을 말해 버린 걸 알면 세영이 기절하겠다."

"그렇겠지. 하지만 이제 더 이상 그런 일로 끌려다니고 싶지 않아. 세영이가 나한테는 좋은 친구였는지 몰라도 나는 세영이에게 좋은 친구가 되어 줄 수 없다는 걸 깨달았거든. 세영이랑 나는 너무도 달라서 잘 섞이지가 않아. 그만큼 노력했는데도 잘되지 않는 걸 보면 내가 진심으로 걔를 좋아하지 않았던 것 같아."

어쩐지, 은혜가 나보다 부쩍 자란 것 같은 느낌이다. 분명 키는 내가 더 큰데. 무슨 생각이 났는지 갑자기 은혜가 풋, 하고 웃음을 터뜨린다.

"있잖아…… 세영이가 우리 둘 사이를 질투하는 거 알아?"

"하여간 참 유치한 애야. 여자들끼리 질투는 무슨."

그렇게 말하고 자리에서 일어난다.

"야, 저거……."

은혜 옆에 있는 빗자루를 손가락으로 가리킨다. 은혜가 또 까르륵 웃음을 터뜨린다.

"눈에 보이는 대로 가져온다는 게 그만."

반 토막으로 툭 부러져 있는 나무 빗자루를 보니 나도 웃음이 난다. 저런 걸 무기라고 들고 온 은혜의 정성이 갸륵하다.

"근데 너 어떻게 여기 올 생각을 다 했냐?"

내가 묻자 은혜가 빙그레 웃는다. 이제 보니 은혜는 예쁘게 웃고 많이 웃는다.

"그건…… 용기만 있으면 돼."

맞다. 용기만 있으면 좋은 친구를 사귈 수도 있다. 상처받고 싶지 않다는 이유로 친구를 사귀지 않는 건 비겁한 짓인 것 같다. 우리는 어깨를 나란히 하고 산길을 걸어 내려간다.

"은재 너, 얼굴이 그게……."

대문 앞에서 음식물 쓰레기 버리러 나온 엄마한테 딱 걸렸다. 엄만 기가 차다는 듯 형편없이 망가진 내 얼굴만 바라본다.

"너, 싸웠니?"

"……."

"왜 아무 말 안 해, 너 엄마랑 평생 말 안 하고 살 거야?"

엄마도 참, 이 상황에서 내가 무슨 말을 한담.

"너 냉큼 들어와!"

엄만 대문 옆에 쓰레기를 대충 내려놓고 안으로 들어가며 소리친다. 주춤거리며 엄마 뒤를 따라간다.

거실 한구석에 아지트를 마련한 아빠는 열심히 키보드를 두드리다 분위기가 심상치 않다는 걸 느끼고 손을 멈춘다. 그러곤 또야, 하는 얼굴로 엄마와 나를 번갈아 바라본다. 계약금 도로 돌려준다더니 다시 받아 놓고 뒤늦게 원고 수정하느라 바쁜 아빠한테는 조금 미안하게 됐다.

"여보, 은재 얼굴 좀 봐요."

"안 그래도 보고 있어."

아빠가 진지하게 대꾸한다. 그러곤 작업 중이던 화면을 종료시키고 노트북을 닫는다. 두 분 다 오늘 작정한 것 같다.

"은재, 이리 와서 좀 앉아 봐라."

그래도 엄마보단 아빠랑 말이 좀 통하지 싶어 얼른 아빠 앞에 가서 앉는다. 엄마도 소파에서 내려와 아빠 옆에 앉는다. 그러고 보니 우리 세 사람 모처럼 다시 모여 앉았다. 영재도 아직 안 왔으니 이럴 때 치킨 시켜 먹으면 다리 하나라도 더 먹을 수 있는데. 생각해 보니 점심도 굶었다. 어째 싸울 때 힘이 좀 달리더라.

"우리 딸, 아빠한테 얘기해 줄 수 있겠니? 예쁜 네 얼굴을 누가 그렇게 망쳐 놓았는지 말이다."

입이 열리지 않는다. 엄마 아빠를 못 믿어서가 아니라 내 일은 내가 스스로 알아서 하고 싶은 것뿐이다. 이젠 나도 어린애가 아니니까.

"너, 당장 말 못 해? 엄마가 또 학교에 쫓아가서 선생님 만나 봐야겠니?"

"당신도 흥분하지 말고 좀 기다려 봐. 은재가 말하고 싶어 할 때까지."

"……."

"이것 봐요, 끝까지 말 안 할 작정이잖아. 이 기집애가 대체 누굴 닮아……."

순간, 거실 안을 가득 채우고 있던 공기가 얼음으로 뒤바뀌는 것 같다. 긴장한 아빠가 엄마 얼굴을 빤히 쳐다본다. 엄마도 말을 끝맺질 못하고 괜스레 한숨만 내쉰다.

"엄마."

내 목소리가 얼음판을 가르듯 쩍 소리를 내며 엄마에게로 곧장 뻗어 나간다.

"왜, 이 기집……애야……."

"……."

"아, 빨리 말해. 엄마 속 터져 죽는 꼴 볼래?"

"엄만 내가 맞아서 속상한 거야 아니면 내가 엄마 말 안 듣고 나쁜 애가 될까 봐 두려워서 그러는 거야? 그것부터…… 알고 싶어."

"야, 그게 그거지 뭐가 달라?"

"달라."

"어유, 이게 정말……. 너 이대론 안 되겠어."

엄마는 한참 동안 뜸을 들이고 난 뒤 다시 입을 연다.

"이번 겨울방학 때 캠프에 참가해. 신청서 낼 테니까 그렇게 알고."

"……."

울컥, 눈물이 날 것 같다. 슬퍼서가 아니라 화가 나서. 엄만 아직도 나를 전부 다 받아들이지 못한 거다. 그러니까 툭하면 캠프 행이지. 나한테 잘못이 있으면 그냥 혼내고 벌을 주면 되는 거 아냐? 그런데도 막상 오늘 같은 일이 생기면 에스텔 수녀님한테 나를 맡겨 버린다. 내가 수녀님 딸도 아닌데 말이다.

"난 이제 캠프 안 가, 아니 못 가!"

"은재 너 캠프 가는 거 좋댔잖아. 친구도 사귈 수 있고 프로그램도 다 재밌다고."

아빠가 나서서 거든다.

"그건 그냥 거짓말이었어. 엄마가 혼자서 애쓰는 것 같아 기분 좀 맞춰 준 거라고."

"뭐, 기분을 맞춰……."

엄마가 기가 차다는 듯 말을 잇지 못한다.

"엄만 내가 왜 성당에 안 가는 줄 모르지?"

그래, 하는 김에 다 해 버리자. 맞아 죽는 한이 있어도. 엄마는 나더러 믿음이 약해진 거라고 했지만 그게 전부가 아니다. 성당에서 엄마를 만나는 사람들은 한결같이 나와 영재한테 관심을 갖는다.

"애들이 바로 은재 영재군요. 참 많이 컸네. 소피아 님은 정말 대단하세요."

그런 말을 듣고 서 있으면 빨리 어딘가로 도망쳐 버리고 싶은 기분이다. 마치 가짜 딸이 진짜 딸 행세를 하고 있다 들킨 것처럼 창피해서 나 자신이 난쟁이가 되어 버린 것 같다. 엄마는 그런 줄도 모르고 나와 영재의 존재를 사람들에게 자랑하고 싶어 안달이다.

"사람들이 물어 올 때마다 엄만 내 기분이 어떨지 생각해 봤어? 그런 것도 모르면서……. 하여튼 난 캠프 따윈 다신 안 가. 거길 가느니 차라리 다시 보육원으로 돌아가는 게……."

짝!

"여보!"

아빠가 놀라서 소리친다. 엄마는 멍하니 자기 손바닥을 쳐다보고 있다. 아무래도 오늘 매 맞는 날인가 보다. 눈가가 붉어지는 게 느껴진다. 이를 악물고 엄마를 노려본다. 엄마 눈동자도 새빨갛다. 금방이라도 울 것 같은 얼굴이다.

……엄마, 그거 알아? 캠프에 갈 때마다 세상 사람들 모두에게

나는 입양아예요, 하고 소리치는 것 같다는 걸. 엄만 또 그 말이 뭐 그리 어렵냐고 하겠지만…….

하지만 엄마, 아무리 노력해도 좀처럼 익숙해지지 않는 말이 있어. 내가 바보라서 그런 걸까? 그런 말을 할 때면 난 아직도 내 입속에 모래가 들어 있는 것처럼 서걱거린단 말이야…….

입속에 맴도는 말을 다 하지도 못한 채 내 방으로 뛰어 들어온다. 아빠가 방문을 두드리는 소리가 들렸지만 이불을 덮어쓰고 누워 꼼짝도 하지 않는다.

6
나는 할머니와 산다

내가 왜 그렇게 화를 냈는지 나도 잘 모르겠다. 실은 정말로 나도 내가 괜찮은 줄 알았다. 하지만 그게 아니라는 걸 그날 저녁에 깨달았다. 그동안 난 어린애처럼 징징거리고 싶지 않아 그냥 입을 다물고 있었던 것뿐이다. 그 사실을 깨닫고 나니 기분이 쬐끔 우울해졌다. 나 역시 줄곧 내 마음을 들고 있었던 걸까? 그날 이후로, 이미 다 자랐다고 생각했던 여섯 살짜리 계집아이가 아직도 내 안에 머리를 처박고 있는 게 느껴진다. 두 주먹을 꽉 움켜쥔 채로 말이다.

아무런 목적지도 없이 무작정 걷는다. 밤바람이 무척 차갑다. 잎을 다 떨군 가로수들도 앙상한 가지를 바람에 내맡긴 채 조용히 흔들리고 있다. 나무들이 추워 보인다.

"할머니, 할머니도 처음엔 내가 싫으셨죠?"

처음으로 먼저 말을 걸어 본다. 우리 할머니, 처음 나를 봤을 때 짓던 그 표정이 생각난다. 불만에 가득 찬 얼굴로 차갑게 나를 쏘아보던 얼굴. 하지만 시간이 지나 차츰 우리가 서로에게 익숙해졌을 무렵에는 누구보다도 내 마음을 잘 이해해 주셨다.

엄마 아빠한테 섭섭한 일이 있으면 할머니 치마폭으로 달려가 위안을 받곤 했으니까. 생각해 보면 우리 엄마, 아빠, 할머니 모두가 힘든 선택을 했던 분들인 것 같다.

후두둑.

빗방울이 떨어져 내린다. 우씨, 비 온다는 얘기 못 들었는데. 방황 좀 하려고 했더니 날씨가 이 모양이라 도로 집에 가야겠다. 골목길로 접어들자마자 빗방울이 어느새 빗줄기로 바뀐다. 정수리에 세차게 내려꽂히는 비를 맞으니 왠지 모르게 통쾌한 기분이 든다. 비를 맞으려고 일부러 걸음을 늦춘다.

금세 온몸이 다 젖는다. 마음속까지 다 비에 젖는 것 같다. 이래서 사람들이 비 맞는 걸 좋아하는구나. 실컷 울고 난 뒤의 후련함 같은 걸 느껴 보려고. 나처럼 울기 싫어하는 사람들에겐 한 번쯤 비를 맞아 보라고 권하고 싶을 지경이다.

"거기, 은재니?"

엄마 목소리다. 아무튼 분위기 깨는 덴 선수다. 잠깐 멈칫거리며 서 있는데 엄마가 우산을 들고 이쪽으로 다가온다.

"이 비를 다 맞고……. 감기 들라."

내 머리 위로 우산을 갖다 대는 통에 엄마 옷이 젖는다. 그러게 우산을 두 개 가지고 나오면 될 것을. 엄마 쪽으로 우산을 밀며 속으로만 투덜거린다. 비좁은 우산 속에서 함께 걸으려니 자꾸만 엄마와 부딪친다.

엄마는 내가 젖을까 봐 이쪽으로 우산을 기울이며 말없이 걷는다. 분위기 무지 어색하다. 무슨 말이든 해 보려고 하지만 실은 아무 말도 하고 싶지 않다. 그냥 엄마와 말없이 이대로 걷는 게 낫겠다.

"거기, 당신이야?"

나 참, 무슨 릴레이들 하시나. 이번엔 아빠다. 대문 앞을 서성거리던 아빠가 성큼성큼 이쪽으로 다가온다. 아빠 얼굴을 보니 괜히 눈물이 날 것 같다.

"들어가자."

아빠가 내 옆에 와서 걷는다. 두 분 다 우산을 자꾸만 나한테 기울이는 바람에 오히려 옷만 더 젖는다. 양쪽 우산 끝에서 떨어져 내린 빗방울이 내 뺨에 닿았지만 아무 말도 하지 않는다.

"어, 같이 들어오네?"

이번엔 영재다. 그동안 서로 바빠 얼굴 볼 시간도 없었다. 그나저나 3만 원은 어떻게 갚냐.

"춥다, 어서 들어가자."

엄마는 접은 우산을 신발장 옆에 세워 놓고 말없이 화장실로 향한다. 그런 엄마를 보면서 아빠도 신발을 벗는다. 온몸이 비에 젖은 나는 물이 차서 철벅거리는 신발을 벗지도 못하고 머뭇거린다. 엄마가 수건을 가져와서 내 머리를 닦아 주는 걸 보고 영재가 눈을 흘긴다.

"누나가 뭐 어린애야?"

짜식, 별걸 다 질투하네. 3만원 떼어먹어 버릴까 보다.

대충 닦고 나서 방으로 들어온다. 젖은 옷을 벗고 침대 위에 잘 개켜져 있는 티셔츠와 바지로 갈아입는다. 문가에 서 있던 엄마는 내가 벗어 놓은 옷을 주워 들고 도로 방문을 닫고 나간다.

침대 위에 누워 몇 개 남지 않은 야광 별을 세어 보고 있는데 방문이 빼꼼히 열리며 영재가 얼굴을 들이민다.

"누나, 자?"

"응."

"피, 자는 사람이 어떻게 말해?"

"이제 잘 거야."

"그럼, 나 잠깐 들어가도 되지?"

3만원 갚으라고 하면 뭐라고 둘러대냐. 지금 당장 돈 없는데. 나는 이불을 젖히고 도로 침대 위에 걸터앉는다. 영재는 내 방에 처음 들어와 본 사람처럼 괜스레 책상 위에 놓인 물건들을 만지작거리고 서 있다.

"뭐야, 할 말 없으면 도로 나가. 나 피곤해."

"진심……이었어?"

영재가 책상에 걸터앉아 내 눈을 본다.

"누나가 엄마한테 했다는 말, 진심이었냐고."

"……."

오늘 보니 내 동생 영재 많이 컸다. 눈물 콧물 흘리며 우리 집에 안 들어오겠다고 버티던 게 엊그제 같은데. 나는 새삼스러운 눈길로 영재를 바라본다.

"아무리 화가 나도 그런 말은 하는 거 아니야……. 그날 밤에 엄마 많이 울었어."

엄마가, 울었다고…… 천하의 홍 여사가? 머리 한 대 쥐어박힌 기분이다.

"겨우 그런 말이나 하려고 자는 사람 깨웠냐?"

"아니, 할 말 더 있어."

"뭔데?"

"내 돈 언제 갚을 거야? 말 안 하고 있으니까 잊어버린 줄 알았지?"

할 말 없어서 입을 다문다.

"이번 주까지 갚아. 안 그럼 엄마한테 이를 거야."

최후통첩을 날리는 얼굴이 제법 비장하다. 근데 영재 얼굴 위로 누군가 얼핏 보이는 것 같다.

"야, 근데 너 여친 사귀냐?"

기습적인 내 질문에 당황하는 기색이 역력하다.

"그, 그걸 누나가 어떻게 알았어?"

"내가 너에 대해 모르는 거 있냐. 누난 알려고만 하면 다 알아.

그러니까 숨기지 말고 말해 봐."

"아니, 아직 잘……. 본격적으로 사귀는 건 아니고 그냥……."

"그냥? 남녀 사이에 그냥이란 없어."

"나중에 누나한테 다 말하려고 했어. 근데 아직은 걔 마음이 어떤지 잘 모른단 말이야."

수줍게 얼굴 붉히는 영재 얼굴을 보고 있으려니 웃음이 날 것 같다.

"암튼 조심해. 너 여친 사귀느라 성적 떨어진 거 알면 엄마가 가만 안 있을걸."

"알았어. 비밀 지켜 주면 3만 원 안 받을게."

그야말로 생각지도 않았던 수확이다. 좀 더 있다 나가도 괜찮다고 했는데도 영재는 부끄러운지 더 이상 할 말 없다며 서둘러 내 방에서 나간다. 침대에 다시 누웠지만 잠이 오지 않는다. 나도 모르게 자꾸만 웃음이 나서 이불을 뒤집어쓰고 키득거린다. 누군진 모르지만 참 보는 눈도 없지. 영재 잠잘 때 보면 꼭 슈렉 닮았는데. 그 여자애는 영재가 과민성대장증후군이라는 사실은 알까? 아이고, 나 죽겠다. 너무 웃겨서 눈물이 다 날 지경이다.

실컷 웃고 난 뒤, 팔베개를 하고 천장을 바라본다. 그 옛날 우리 집에 들어오지 않으려고 발버둥 치던 영재 얼굴이 문득 떠올라서.

내가 처음 이 집에 왔을 때처럼 영재도 처음엔 우리 모두를 힘들게 했다. 얼굴도 못생긴 조그만 남자아이가 우리 집 물건을 마구 부수고 던지는 것을 말없이 지켜보면서 난 정말이지 그런 끔찍한 남자아이를 데리고 온 엄마 아빠를 이해할 수 없었다.

영재는 어디 이름도 없는 행성에 살다 갑자기 지구로, 그것도 별 특색 없는 우리 집 거실 안으로 뚝 떨어진 외계인처럼 두리번거렸다. 그리고는 거의 언제나 매 순간, 낯설고 두려운 눈빛을 한 채 경계를 풀지 않았다. 누군가 끝없이 지구인은 위험하다는 신호를 그 애 머릿속으로 보내 주고 있는 것 같았다.

엄마가 잘해 주면 잘해 줄수록 그것이 또 그 애를 안절부절못하게 했다. 영재는 하루 종일 눈치를 보며 우리를 피했고 눈앞에 먹을 게 놓여 있어도 허락 없이는 먹으려 들지 않았다.

"우리 집에 있는 건 모두 네 거야. 그러니 네 마음대로 해도 좋아. 냉장고 안에 있는 음식들도 모두 네 거고."

엄마가 그렇게 말했는데도 영재는 선뜻 밥상 앞에 다가와서 앉지 않았다. 내가 겨우 그 애의 튼 손에 숟가락을 쥐여 주면 고개를 푹 처박고 맨밥을 떠먹기 일쑤였다. 걸어 다닐 때조차 영재는 발끝을 살짝 들어올리고 걸었다. 자신의 존재가 눈에 띄는 걸 극도로 두려워하는 듯한 걸음걸이.

그러다 가끔은 자기도 모르게 땅이 꺼져라 한숨을 내쉬곤 했다. 그렇게 숨을 내뱉고 나서는 스스로 깜짝 놀라 주위를 두리번거렸다. 대체 무엇이, 그 못생긴 남자아이로 하여금 숨을 쉬는 것조차 두렵게 만들어 버렸는지, 알 수 없는 일이었다.

좀 더 시간이 흐르고 난 뒤에는 영재도 처음처럼 긴장하지는 않았다. 하지만 아주 끝난 건 아니었다. 아빠 지갑에서 조금씩 돈이 사라지기 시작했으니까. 할머니가 틈틈이 모아 두었던 쌈짓돈도 하루아침에 사라져 버렸다. 그 일로 에스텔 수녀님이 오셨다.

"마음의 문이 너무도 굳게 잠겨 있어요. 그것도 이중 삼중으로. 기적이 일어난다면 몰라도, 그 문은 쉽게 열리지 않을 것 같군요."

에스텔 수녀님과 함께 온 보육사가 그렇게 말하지 않았어도 솔직히 나를 포함한 엄마 아빠 그리고 할머니까지, 우리 모두 영재를 그만 포기하고 싶었는지도 모른다. 그날 저녁, 녀석이 처음으로 흘린 눈물을 보기 전까지는.

영재는 마음 놓고 울어 본 적 없는 아이였다. 그래서 눈물 한 방울이 그 애의 두 뺨에 가느다란 한 줄을 긋고 툭 떨어졌을 때, 그 애는 그것이 자기가 흘린 눈물이라는 것을 믿을 수 없다는 듯한 얼굴로 우리를 바라보았다.

가장 먼저 달려가 그 애를 품에 안은 사람은 할머니였다. 할머닌 울지 않으려고 입술을 앙다문 채 자그마한 그 녀석을 바스러져라 껴안고 등을 토닥거렸다. 뒤를 이어 엄마가 그리고 아빠가 달려가 영재를 껴안았다.

세 명의 다 큰 어른이 조그마한 남자애를 동시에 껴안고 서로 등을 토닥이는 모습이란. 정말이지 우스꽝스러웠다. 마치 본격적인 시합을 앞둔 운동선수들처럼 비장한 얼굴로 서로의 어깨와 어깨 위에 손을 올려놓은 채 호루라기 소리가 들리면 금방이라도 공을 들고 운동장으로 달려 나갈 태세였다.

하여간 그 한 번의 포옹으로 영재는 우리 가족이 되었고, 무엇보다도 하나밖에 없는 내 동생이 되었다. 내가 그날 일을 특별하게 기억하는 건 그래서다. 우리에게 기적이 일어났기 때문에.

나중에 알게 된 사실이지만 영재는 태어나자마자 외삼촌 집에 맡겨졌는데 외삼촌과 숙모로부터 지독한 학대를 받았다고 한다. 단 하루도 매를 맞지 않고 잠들어 본 적이 없다는 말을 에스텔 수녀님으로부터 들었을 때, 나는 가슴이 타 버릴 것처럼 화가 났다. 심지어 그 여자가 뜨거운 다리미 끝으로 영재의 허벅지 살을 태우기도 했다는 말은 차라리 듣지 않는 편이 나을 뻔했다.

"난 이 흉터가 마음에 들어. 잘 봐, 완벽한 삼각형이지? 이런 흉터는 아무나 갖는 게 아니거든."

철없는 영재는 자신의 허벅지에 그런 흉터가 있다는 것을 자랑스러워한다. 네 살 때 일이라고는 해도 어쩜 그렇게 까마득하게 잊어버릴 수가 있는 건지. 하여간 머리 나쁜 건 알아줘야 한다. 아무튼 난 그 상처를 볼 때마다 누군가 뾰족한 송곳 같은 걸로 내 심장을 콕콕 찌르는 것처럼 아프다. 그래서 무슨 일이 있어도 내 동생 영재를 지켜 주겠다고 다짐했는데. 지켜 주기는커녕 돈이나 떼어먹는 누나가 되어 버렸으니, 이런…….

내리는 비를 온몸으로 맞는 거, 기분 전환에 좋을지는 몰라도 건강에는 좋지 않다. 지금 나는 꼼짝없이 침대 위에 누워 그 이름도 유명한 인플루엔자 바이러스와 싸우는 중이다. 지난달 독감 예방주사 맞으라는 엄마 말 안 들었더니 결국 이 고생이다. 하여간 지금 내 몸은 불덩이처럼 뜨겁다. 이마 위에 냄비 올려놓고 라면 끓여 먹어도 되겠다. 여섯 살 이후로 이렇게 아파 본 적은 없는데.

여섯 살 때 처음 엄마 아빠 만나 이 집에 왔을 때 그땐 정말이지 다신 세상 구경 못 하는 줄 알았다. 너무 아파서. 난 감기 몸살이 그렇게 무서운 건 줄 처음 알았다. 그때 엄마가 잠도 안 자고 밤새 나를 간호해 줬다. 내가 잠자는 동안 누군가 내 곁을 지켜 준다는 건 정말 근사한 경험이었다. 그 전까지 난 아파도 혼자 아팠다.

분홍 아줌마들이 간호를 해 주긴 했지만 엄마처럼 완전히 밤을 새고 곁을 지켜 주지는 않았다. 누군가 정성을 다해 나만 보살펴 준다는 건 정말이지 상상도 못해 봤던 일이다. 그건 희생 없이는 안 되는 일이다. 엄마의 희생으로 난 이틀 만에 완전히 회복되었다. 지금 생각해 보니 아마도 그때 난 이미 엄마를 향한 마음의 문을 조금씩 열어 두고 있었던 것 같다.

"웬만해선 이렇게 아플 애가 아닌데……. 여보, 우리 은재가 많이 힘들었나 봐."

엄마의 걱정스러운 목소리가 들린다. 난 눈을 딱 감고 모른 척 듣고 있다.

"감기 몸살인데, 뭐. 시간이 약이니까 곧 일어날 거야."

뭐야, 별로 걱정도 안 된다 이거야? 방금 막 아빠가 미워지려고 한다. 사람이 아프면 소심해진다는 거 모르시나.

"병원에도 다녀왔으니까 기다려 보자고. 아플 만큼 아프고 나면 털고 일어날 테니까."

우리 아빠는 항상 이런 식이다. 식구들 중 누군가 아파서 누워 있으면 기다려 봐, 아플 만큼 아프고 나면 곧 회복될 테니까, 하고 심드렁하게 말하는 것이다. 인정머리라곤 눈곱만치도 없는 아빠다.

엄마가 물수건을 짜서 내 이마 위에 올려놓는다. 눈을 감고 있으니 아빠가 뭐 하는지는 모른다. 아마 할 일 없이 엄마 옆에 서 있기나 하겠지.

"어머나, 우리 은재 여드름이 다 없어졌네?"

내 얼굴 위에 엄마 얼굴이 있나 보다. 엄마 숨결이 느껴진다.

"하긴, 사춘기 지난 지가 언젠데……. 그러고 보면 우리 딸 많이 컸죠, 여보?"

"응, 며칠 전 우산 같이 쓸 때 보니까 나보다 키가 더 크더라고."

"키만 큰 게 아닌 것 같아요……."

"그래, 알아. 당신이 무슨 말 하는지."

"아이구, 얘 식은땀 흘리는 것 좀 봐."

그러면서 젖은 수건으로 내 이마며 손을 꼼꼼하게 닦아 준다. 아프니까 대접 받는 것 같아 기분 좋다. 좀 자주 아팠으면 좋겠다.

"그나저나 당신 정말 은재한테 말할 거야?"

아빠 목소리다.

"뭘요?"

"그분…… 찾았다면서……."

"쉿!"

무슨 말을 하려는 거지? 대체 누굴 찾았다는 거야? 궁금했지만 자는 척하느라 물어볼 수도 없다. 두 사람은 잠시 동안 침묵에 빠져 있다 조용히 방문을 열고 나가신다. 엄마 아빠가 내 방에서 나가고 난 후 영재가 들어온다. 걔는 무슨 할 말이 있는지 한참 동안이나 내 침대 옆에 앉아 있다. 침대도 좁아 죽겠는데 비킬 생각을 하지 않는다.

"야, 좀 비켜."

겨우 그렇게 말하고 다시 눈을 감는다.

"누나 안 자고 있었어?"

"아니, 자고 있는 중인데 좁으니까 비키라고."

"피, 꼭 안 자면서 자는 척하더라."

"아무튼 비키라니까."

"알았어."

영재가 자리에서 일어나는 걸 보고 다시 눈을 감는다.

"근데, 누나."

"왜."

"아프지 마……."

"……."

"누나가 아프면 나도 아파."

큭. 얘 무슨 영화 찍냐. 안 어울리게시리.

"진짜야. 난 누나가 아프지 않았으면 좋겠어."

"야, 아프니까 아프지. 어떻게 안 아플 수가 있냐."

"아무튼."

"아, 귀찮아. 네 방으로 가."

"알았어."

"……."

"누나."

"아, 또 왜!"

진짜 신경질 난다. 이불을 확 젖히고 영재를 노려본다.

"나, 걔랑 본격적으로 사귀기로 했다."

분위기 파악도 참 못해요. 지금 이 상황에 그런 말이 나오냐.

"잘됐네, 뭐."

"그렇지?"

"그래, 그러니까 이제 그만 사라져 줄래?"

"응."

그제야 제 방으로 돌아가는 영재 뒷모습을 보며 피식 웃는다. 아무튼 축하한다, 내 동생…….

새벽녘에 누군가 내 방에 다녀간 것 같은데 누군지 잘 모르겠다. 분명 엄마는 아니었다. 엄마라면 숨소리만 들어도 알 수 있으니까. 나는 땀으로 흠뻑 젖은 이불 위에 꼼짝없이 누운 채로 눈을 감았다 뜬다. 주사도 맞고 약도 먹었는데 왜 더 아프기만 한 건지 모르겠다. 혹시 자기 말 안 듣는다고 할머니가 내게 벌을 내리는 걸까? 우리 할머니라면 그러고도 남을 것 같다. 돌아가신 분이 무슨 짓을 못할까…….

근데 대체 지금이 몇 시지? 밖이 조용한 걸로 봐서 아침은 아닌 것 같다. 아마 점심때나 되었겠지. 그나저나 은혜가 궁금해할 텐데. 걔는 휴대폰도 없어서 연락을 하려고 해도 할 수가 없다.

약 기운이 퍼지나. 또다시 졸음이 밀려온다. 잠이라면 1년 열두 달이라도 잘 수 있을 것 같던 내가 계속 잠만 자려니 지긋지긋하다. 그동안 밀린 잠 한꺼번에 다 자는 것 같다.

……화들짝 놀라 눈을 뜬다. 꿈이었나? 주위를 둘러보니 아무도 없다. 분명 할머니가 내게 뭐라고 막 호통을 치셨는데. 에이, 이놈의 할머니 귀신 언제나 떨어지려나…….

"뭐라고요? 포도나무…… 자애원이라고요?"

이놈의 입이 제멋대로 움직이고 난리야.

"거길 내가 왜 가요? 어디에 붙어 있는지도 모르는데."

내 말에 할머니가 큰 소리로 호통을 치신다. 할머니가 그러니까 내 몸이 더 아프다. 귀도 먹먹하고 눈도 침침하고 머릿속에서 번개가 치는 것 같다.

"제발 나 귀찮게 하지 말라니까요. 자꾸 이러시면 정말로 엄마한테 이를 거예요."

딱!

이거 꿈이냐, 생시냐. 할머니한테 지팡이로 맞은 자리가 정말로 아프다. 나는 이마를 문지르며 내 침대 옆 빈 공간을 쏘아본다. 거기 아무도 없다. 금세 또 자취를 감추신 모양이다.

포도나무 자애원? 그야말로 귀신 씻나락 까먹는 소리다. 괜히 사람 궁금하게 만들어서 할머니 맘대로 날 조종하려는 속셈이겠지. 누가 모를 줄 알고. 천천히 눈이 감긴다. 에이, 무슨 감기 몸살이 이렇게 지독하담.

저녁때 엄마가 미음을 끓여 왔지만 한 숟갈도 먹지 못하고 수저를 내려놓고 만다. 도무지 입맛이 없어서 못 먹겠다. 누워만 있어서 그런지 배도 안 고프다. 엄만 그런 나를 걱정스레 바라보다 뭐 먹고 싶은 게 없느냐고 묻는다. 순간 폭찹 스테이크가 떠올랐지만 생각해 보니 그건 며칠 전에 은혜와 먹었다. 두 번째로 먹어서 그런지 내가 생각했던 그 맛은 아니어서 약간 실망했던 기억이 난다.

"큰일이네. 이렇게 아무것도 먹질 못해서 어떡하니……."

엄마 얼굴을 보니 나보다 더 아픈 사람 같다. 기운이 없어 다시 자리에 누워 버리는 나를 보고 엄만 한숨을 쉬며 돌아선다. 이 세상에서 나보다 더 내 걱정을 많이 하는 사람은 아무래도 우리 엄만가 보다.

～

인터넷 검색창에 '포도나무 자애원'이라고 쓴다. 그러자 '포도나무'로 시작되는 몇 개의 검색 결과가 창에 뜬다. 포도나무 레스토랑, 포도나무 과수원, 포도나무 분양, 포도나무…… 자애원!

내가 검색해 놓고도 믿기지 않는다. 너무 신기해서 인터넷 검색 창에 얼굴을 바짝 들이댄다. 전라북도 정읍시 고부면 고부리 57번지. 여기가 대체 어디에 붙어 있는 마을이람.

"찾았어?"

옆에서 드라마 다시보기를 하고 있던 은혜가 불쑥 얼굴을 내밀고 묻는다. 은혜는 내 표정이 심상치 않은 걸 느꼈는지 컴퓨터 화면으로 시선을 돌린다.

"어, 이거……."

은혜가 눈을 크게 뜨고 나를 본다.

"실제로 있다는 얘기네?"

"주소까지 나와 있는 걸 보면 확실한 것 같아."

"우와, 소름 끼친다."

은혜가 팔뚝을 쓸어내리며 그렇게 말한다. 실은 나도 온몸에 소름이 돋는 중이다. 나는 검색창을 닫고 은혜한테 나가자고 한다.

"이제 어떻게 할 건데?"

"뭘?"

"한번 찾아가 보든지 해야 할 거 아니야."

"꼭 그렇게까지 해야 할까?"

"안 그럼 어떡해? 지난번처럼 너네 할머니가 널 아프게 하면……."

"야, 그건 그냥 감기 몸살이었다니까."

"단순한 감기 몸살이 아닌 것 같다고 말한 사람은 바로 너야, 잊었니?"

"하여간 넌 기억력도 좋다."

"언제 갈래?"

대체 은혜의 정신세계는 어디까지 펼쳐져 있는 걸까? 당사자인 나조차도 할머니의 존재를 받아들이는 데 오랜 시간이 걸렸는데 은혜는 그 사실을 너무도 자연스럽게 받아들이는 눈치다.

"가기는 어딜 가. 그냥 거기 그런 곳이 있다는 것만 알았으면 됐지."

"그러지 말고 한번 가 보자. 난 궁금해 죽겠단 말이야."

피시방 계단을 내려오며 은혜가 내 팔을 잡고 조르기 시작한다.

"혹시 아니? 너네 할머니가 거기 비밀 장소 같은 곳에 금은보화라도 숨겨 두셨을지."

금은보화? 두 귀가 토끼처럼 쫑긋거린다. 하지만 그런 시골 마을에……. 이내 고개를 세차게 내젓는다. 그런 게 있었다면 우리 엄마나 아빠가 몰랐을 리가 없다.

아니…… 생각해 보니 몰랐을 수도 있겠다. 왜냐하면 우리 할머니는 어느 날 갑자기 기억을 도둑맞았기 때문이다. 만일 누군가 미리 기억을 가져갈 거라고 귀띔을 해 주었더라면 할머닌 엄마나 아빠에게 혼자만 알고 있던 비밀을 털어놓았을지도 모른다.

하지만 그런 일은 일어나지 않았고 우리 할머닌 아무 준비도 하지 못한 채 갑자기 어린애가 되어 버렸던 것이다. 숫자도 읽을 수 없게 되었을 뿐만 아니라 아기처럼 떼쓰고 심통 부리고 심지어 엄마한테는 나쁜 마귀라고 했다가 착한 언니라고 했다가 변덕도 이만저만이 아니었다. 그때 나는 살면서 누적된 기억들이야말로 그동안 할머니를 할머니답게 만들어 주었음을 알게 되었다.

내 기억 속에 에스텔 수녀님이 계신 것처럼 우리 할머니 기억 속에도 수많은 사람들이 살고 있었겠지? 만일 내가 어느 날 갑자기 모든 것을 잊어버리게 된다면 나 역시 할머니처럼 이상한 행동을 할 수밖에 없을 것 같다. 머릿속이 텅 비어 버려서 자신이 누군지조차 알 수 없게 되는 것만큼 무서운 일은 없으니까.

"아니면 땅문서 같은 게 나올지도 몰라."

은혜는 거의 생각을 굳힌 눈치다. 하긴 내 머릿속에도 이미 은혜와 내가 두 손 가득 금은보화를 움켜쥔 채 좋아서 날뛰는 장면이 그려지는 걸 보니 생각이 그쪽으로 약간 기울어진 것 같긴 하다. 속는 셈치고 한번 가 봐······? 살짝 그런 생각이 들었지만 내색하지는 않는다. 괜히 섣불리 입을 열어서 감당 못할 일을 만들면 안 되니까. 은혜 얼굴을 보니 내 입만 떨어지면 지금 당장에라도 여행 가방을 꾸려서 집을 나올 태세다.

나는 생각에 잠긴 채 횡단보도 앞 신호등 아래 서 있다. 은혜도 무슨 생각을 하는지 아까부터 말도 안 하고 잠잠하다. 신호가 바뀌고 옆에 서 있던 사람들이 우르르 횡단보도를 건너가는데도 은혜와 나는 멍하니 앞만 바라보고 있다. 그러다 사람들이 중간쯤 걸어갔을 때에야 아차, 하고 달리기 시작한다.

"넌 정말 재밌겠다."

숨을 헉헉거리며 은혜가 하는 말이다.

"뭐가?"

"할머니랑 사는 거, 그거 나도 한번 해 봤으면 좋겠다."

으이그, 이 철없는 것아. 난 또 무슨 생각을 그렇게 깊이 하나 했다. 천진난만하게 웃고 있는 은혜 얼굴을 내려다보니 한숨만 나온다.

"하긴, 네가 인생을 알면 얼마나 알겠냐."

내 말에 은혜가 푸핫 하고 웃음을 터뜨린다. 이 기집애 은근히 사람 우습게 보네. 확 떼어 놓고 가 버릴까 보다.

나는 은혜가 따라잡지 못하게 빨리 걷기 시작한다. 은혜는 숨이 턱까지 차서 헉헉거리면서도 용케 잘 따라온다.

얼마 걷지 않아 우리는 동시에 걸음을 멈춘다. 상점들이 즐비

해 있는 보도블록 위에 포클레인 한 대가 멈춰서 있다. 인도를 지나다니는 사람들이 불편한 기색을 감추지 않고 얼굴을 찌푸리며 그 옆을 비켜 간다.

첫 번째 상가는 이미 다 허물어져서 예전에 그곳이 무얼 하는 곳이었는지조차 알 수 없게 되어 버렸다. 우리는 건물이 헐린 자리를 물끄러미 바라본다. 여기저기서 솟아 나온 철근과 쓰레기 더미, 부서진 시멘트 조각들이 보기 싫게 쌓여 있다. 벽면마다 보기 싫은 낙서가 그려져 있고 '철거'라고 쓰인 커다란 붉은 페인트 글씨는 보는 것만으로도 겁이 날 정도다.

"난 어른들이 참 대단한 것 같아."

그렇게 말하는 은혜를 말없이 바라본다.

"견고한 건물 하나를 뚝딱 허물어 버리는 걸 보면 말이야…….
처음엔 모두들 힘들게 지었을 텐데."

"재개발하려고 그러는 거야."

나는 내가 무언가 많이 알고 있다는 듯 태연하게 대답한다.

"그러게 왜 재개발을 하냐고. 그냥 살고 있는 대로 내버려 둘 것이지."

"그럴 만한 이유가 있겠지."

"넌 우리 동네가 사라져 버리는데도 아무렇지 않니?"

동네가 사라진다고? 그런 생각은 한 번도 해 보지 않았는데. 하긴 며칠 전까지는 멀쩡했던 건물 한 채가 오늘은 보이지 않는 걸 보니 은혜 말대로 우리 동네가 사라질 모양이다.

"하지만 이곳에 100층짜리 건물을 지을 거래. 터미널과 쇼핑몰도 생길 거고. 그렇게 되면 우리 동네도 지금보다는 더 좋아지는 거 아니겠냐?"

"그렇지만 우리 추억이 깃든 그런 곳은 아니야. 집이 헐리고 건물이 헐리면서 우리의 시간도 같이 헐리는 거라고 생각해. 난 재개발이 뭐 하는 건지 잘 모르지만 한 번쯤 이런 생각은 해 봤어. 누군가는 반대하는 일을 누군가는 반드시 해야만 한다, 그렇다면 적어도 서로의 생각을 힘으로 밀어붙이지는 말아야 해. 그건 반칙이잖아."

솔직히 속으로 감탄하는 중이다. 은혜가 말을 이렇게까지 조리 있게 잘하는 앤 줄 오늘 처음 알았다.

"그래, 너 아는 거 많아서 좋겠다."

"아니, 무언가를 안다는 것과 생각한다는 것은 서로 달라."

기집애, 끝까지 잘난 척하기는. 기분이 살짝 나빠지려고 한다. 그래서 말없이 비좁은 포클레인과 건물 사이를 조심스레 빠져나온다. 은혜는 한동안 더 건물이 사라진 곳을 바라보고 서 있다 내가 부르는 소리에 놀라 이쪽으로 뛰어온다.

우리는 다시 나란히 걷는다. 은혜는 계속 심각한 얼굴이다. 자기 집 없어진 것도 아닌데 왜 저렇게 심각하담.

"우리 이사 가게 되면 자주 만나지 못하겠지?"

은혜가 갑자기 그렇게 묻는 바람에 내가 우뚝 멈춰 선다.

"그건…… 한 번도 생각 못해 봤던 일인데."

정말 그렇다. 난 지금까지 은혜와 내가 영영 헤어질 수도 있다는 생각 같은 건 단 한 번도 안 해 봤다.

"그래도 가끔씩 만나자. 전화도 자주 하고."

은혜가 씩 웃으며 말했지만 내 가슴속에 갑자기 찬바람이 휑하니 불어닥친 것 같은 기분이 들어 선뜻 대답을 하지 못한다.

집이 가까워지자 은혜가 박소희 얘기를 꺼낸다. 며칠 전 미술실로 오라고 해서 가 봤더니 석고상이 어쩌고 하면서 결국 자기 비밀을 털어놓았다고 한다. 걔는 정말로 그 비너스 상이 마음에 드는 모양이다. 같은 말을 다른 사람에게 또 한 걸 보면. 어쨌거나 은혜는 박소희의 사과를 받아 주지 않았단다. 은근히 뒤끝 있는 애다.

"공부 때문에 스트레스가 심한가 보던데."

"하지만 그건 비겁한 짓이야. 그런 식으로 자신의 고통을 회피하면 못써. 결국 여러 사람이 피해를 입었잖아."

은혜는 내 말에 거침없이 대꾸를 하고 나서는 입술을 앙다문다. 오늘 보니 은혜 입술도 박소희만큼이나 야무지게 생겼다.

"데려다줘서 고마워. 잘 가."

그렇게 말하고 집으로 들어가는 은혜 뒷모습을 오랫동안 바라본다. 알면 알수록 점점 더 사람을 혼란스럽게 하는 그 키 작은 뒷모습을 말이다.

"당신이요?"

"왜, 내가 하면 안 될 일이야?"

"아니, 그게 아니라……."

"이래봬도 조동구, 한다면 하는 사람이야."

"평생 책상 앞에만 앉아 있던 사람이 그렇게 힘든 일을 당해낼 수 있겠어요?"

우리 아빠 변덕이 또 시작됐나 보다. 자서전 쓴다고 노트북까지 사 달랄 때는 언제고. 잘하면 노트북은 내 차지가 될 것 같다. 나는 두 분이 하는 소리를 귀담아 들으려고 텔레비전의 볼륨을 살짝 낮춘다.

"그러니까 그 환경미화원이라는 게 말이야, 힘만 갖고는 안 되는 거더라고."

"힘이 있어야죠."

"이 사람아, 모르는 소리 좀 작작해. 그건 힘으로 하는 게 아니라 기술로 하는 거야, 기술."

"기술은 무슨……. 그리고 노트북은 어떻게 할 건데요? 남자가 한번 칼을 빼 들었으면 무라도 베야지……."

"그래서 한 권은 썼잖아. 비록 잔금은 못 받았지만 계약금도 적은 액수는 아니었다고."

"고작 한 권 쓰고 말려고 그 비싼 노트북 샀어요?"

"여보……!"

"왜요!"

또다시 신경전이다. 이럴 땐 누구 편을 들어야 하나. 노트북 생각하면 당연히 아빠 편을 들어야 하겠고 가정의 평화를 생각하면 엄마 편을 들어야 할 것 같다. 이래저래 골치 아프니까 그냥 입 다물고 있는 게 더 나을 것 같기도 하고.

"구청에서 환경미화원 뽑는다고 했을 때 내가 무슨 생각했는 줄 알아?"

"……."

"돌아가신 어머님이 나를 돕고 계시는구나. 그래서 내게 또 한 번의 기회가 찾아왔구나……."

"흥, 갖다 붙이기는. 어차피 당신 마음대로 할 거니까 난 상관 안 할래요. 당신이 언젠 내 말 들었어요?"

엄마가 자리에서 벌떡 일어나 안방으로 들어간다.

"당신, 그 노트북 당장 가서 팔아요. 중고 시장에 내다 팔든지 매장에 가서 다시 돈으로 바꿔 달라고 하든지 그건 알아서 하고!"

좀 조용해졌나 싶더니 엄마가 갑자기 안방 문을 열고 크게 소리친다. 아빠 민망했던지 내 얼굴을 보며 양쪽 검지손가락을 자기 머리 위에 뿔처럼 갖다 댄다. 아빠가 그렇게까지 하지 않아도 엄마 화난 거 다 아는데. 안방 문이 큰 소리를 내며 닫히자 아빠가 내 옆에 와서 앉더니 리모컨을 말도 없이 빼앗아 간다.

"아빠, 정말로 그 일 할 거야?"

안방에 들리지 않게 목소리를 최대한 낮추고 그렇게 묻는다. 아빠는 채널을 이리저리 돌리다 말고 비장한 얼굴로 고개를 묵직하게 끄덕거린다. 우리 조동구 씨, 인생 참 편하게 사는 분이다.

"피, 언젠 소설 쓰는 게 꿈이라면서."

아빠를 떠보려고 일부러 그렇게 말해 본다.

"소설, 쓸 거다. 아침엔 일하고 밤엔 쓰는 거지. 너, 그런 식으로 글 쓰는 사람 생각보다 많다."

인생 편하게 사는 분이 말씀은 쉽게 안 하실까. 우리 엄마가 어지간하니까 참고 사는 거다. 아빠는 뭐가 그리 좋은지 〈가요무대〉에서 나오는 노래를 따라 부르며 발을 까닥거리신다. 엄마가 보면 약 좀 오르겠다. 재미없어 소파에서 일어나려는데 갑자기 무언가 빠르게 내 머릿속을 스치고 지나간다.

우리 아빠, 결국 빗자루 들고 하는 일을 찾으신 거다. 그럼 운이 트일 거라고 했는데……. 이제 보니 우리 할머니 예지력 끝내준다. 만만하게 봤다간 큰코다치겠다. 나는 다시 자리에 주저앉아 멍하니 텔레비전 화면만 본다. 기분이 이상한 것이 할머니가 지금 막 무슨 말을 할 것만 같다.

"이야, 이미자 목소리 여전하네."

〈동백아가씨〉를 2절까지 따라 부르던 아빠 얼굴이 갑자기 우울 모드로 급변한다.

"이 노래…… 너희 할머니가 엄청 좋아하셨지."

그런 아빠 얼굴을 물끄러미 바라본다. 아빤 아직도 할머니가 그리운가 보다. 노래 하나에 저렇게 목이 메는 걸 보면. 그러게 살아 계실 때 좀 잘해 드리지. 할머니가 얼마나 한이 맺혔으면 손녀딸인 내 몸에 들러붙을 생각을 다 하셨을까. 나는 물끄러미 아빠 얼굴을 바라본다. 순간 전화벨이 울려서 얼른 달려가 수화기를 든다.

"여보세요."

"은재구나, 잘 지냈니?"

"에스텔…… 수녀님……?"

"이거 영광인데? 은재가 내 목소리를 아직도 기억해 주다니."

내가 어떻게 에스텔 수녀님의 목소리를 잊을 수 있담. 반가운 마음이 들었지만 한편으론 불길한 예감이 내 머릿속을 스치고 지나간다.

"네, 안녕하셨어요?"

"응, 은재랑 영재도 잘 지내고 있지?"

"네……."

"은재도 이제 숙녀가 다 되었겠네. 우리 언제 한번 만나야지?"

"엄마랑 얘기해서 한번 찾아가 볼게요."

"그래, 그럼 오늘은 엄마랑 할 얘기가 있으니까 전화 좀 바꿔 줄래?"

나는 기다리라고 말한 다음 안방 문을 두드린다. 수녀님이라는 내 말에 엄마 얼굴이 순간 굳어지는 걸 느낀다. 엄마는 나보고 방에 들어가 있으라고 말한 뒤 전화기 쪽으로 걸어간다.

"안 그래도 연락을 드리려던 참이었어요. 네, 네……. 그러셨군요……."

방문을 닫고 돌아선 채 통화 내용을 엿듣는다. 엄마가 목소리를 한껏 죽이고 얘기하는 바람에 정확하게 들리지는 않는다. 그래도 나는 대화 중간에 '캠프'라는 단어가 튀어나오지는 않는지 주의 깊게 듣는다.

"아닙니다. 이제는 우리 스텔라도 충분히 받아들일 수 있는 나이가 되었다고 생각해요. 그분께는 며칠만 더 기다려 달라고 말씀해 주세요. 네에…… 수녀님께서 그렇게 말씀해 주시니 용기가 생기는군요. 스텔라는…… 아니요, 아직. 그 앤 자기 속마음을 드러내 놓지 못하는 성격이라 그렇지 진작부터 그런 생각을 갖고 있었던 것 같더라고요. 혼자서 얼마나 마음 썼을지를 생각하면……. 하지만 이제라도 알게 되었으니 하루 빨리 만나게 해 주는 편이 낫겠다는 생각입니다. 저도 이제…… 마음의 준비가 되었고요."

스텔라가 누구지? 미국 사람인가? 순간 재빨리 머리를 굴린다.

……바다의 별, 스텔라……! 생각났다. 스텔라는 내 세례명이다. 안 쓴 지 하도 오래되어 까맣게 잊고 있었다. 근데 스텔라가 어쨌다고……. 대화 중간에 자꾸 등장하니까 신경 쓰인다.

어쨌든 캠프에 관련된 이야기는 아닌 것 같다. 캠프 얘기만 아니라면 두 분이 무슨 얘길 나눠도 상관없다. 침대 위에 누워 하나밖에 남지 않은 야광 별을 본다.

내 생일 때까지 저 별이 떨어지지 않고 붙어 있으면 나에게 행운이 찾아온다……. 이런 식으로 주문을 거는 건 최근에 생긴 버릇이다. 이건 꽤 재미있다. 만일 내 생일이 오기도 전에 별이 떨어지면 그냥 없었던 일로 하면 되는 거고 생일 때까지 별이 남아 있으면 정말로 행운이 찾아올지도 모르니까 기대를 해도 된다. 나는 팔베개를 하고 누운 채 조용히 눈을 감는다. 시간 날 때 잠이나 많이 자 두어야겠다.

7
얼룩덜룩하고 울퉁불퉁한

"엄마, 그게 무슨 말이야……?"

머릿속이 하얘진다. 자는 사람 깨워서 불러 놓고 이게 무슨 뚱딴지같은 소린지 모르겠다. 엄마 아빠 두 분 모두 걱정스레 내 얼굴을 살핀다.

"은재야, 엄만…… 회피하고 싶지 않아. 너 혼자 가슴 한 자락을 꽁꽁 묶어둔 채 눈 감고 사는 거 원치도 않고. 실은 너, 그 속이 어떤지 궁금하잖아."

아랫입술을 꽉 깨문다. 아프긴 하지만 피가 날 정도는 아니다.

"쉬운 말로 해 줘. 나, 엄마가 무슨 말 하는지 잘 모르겠어."

이건 거짓말이다. 오히려 엄마가 하는 말의 의미가 뼛속 깊이 와서 새겨질 만큼 선명하다.

"시간이…… 얼마 없다는구나. 좋은 사람 만나서 곧 결혼하게 될 건가 봐. 결혼하면 한국을 떠나 살게 될 것 같다고……."

"엄마!"

"은재야, 이젠 엄마 아빠에게 네 진심을 얘기해 줘도 되지 않겠니? 네가 널 낳아 주신 분에 대해 궁금해하는 건 너무도 당연한 일이란다. 그걸 일부러 감출 필요는 없다고 생각해."

아빠가 설명하는 동안 엄마는 두 손을 맞잡은 채 잠자코 고갤 숙이고 있다.

"자, 이제 말해 보렴. 네가 원한다면…… 언제든 만날 수 있어."

늘 이런 식이다. 중요한 순간에는 언제나 나에게만 선택을 하라고 한다. 마치 내 의사를 무엇보다도 존중한다는 듯이. 내가 매번 틀린 선택을 할까 봐 얼마나 마음을 졸이는지는 알지도 못하면서 말이다.

"솔직히 말하면 한 번쯤 만나 보고 싶긴 했어. 그렇게 죽으려고 발버둥 쳐서 소원대로 죽었는지 아니면 안타깝게도 아직 살아 있는지."

왠지 모르게 화가 치민다. 과거의 일은 다 지난 일이라고 생각했는데, 이렇게 또 현실이라는 이름 앞에 모습을 나타내다니.

"그렇게 말하는 거 아니다. 그래도 널 낳아 주신 분인데."

"그리고 버렸지. 여기저기 떠돌다 결국 보육원에 가게 만든 장본인이고. 하지만 지금은 얼굴조차 기억이 안 나. 아마 길거리에서 부딪쳐도 그 사람이 누군지 모를 거야."

"네 기분은 알겠지만…… 그분이 아니었다면 네가 지금 여기 이 자리에 있을 수 있겠니?"

자리에서 벌떡 일어난다. 더 이상은 참기 힘들다. 머릿속에서 지진이 일어난 것만 같다.

"그동안 엄마 아빠가 너무 잘해 줘서 내가 가짜 딸이라는 걸 깜빡했나 봐. 하지만 지금 난 분명히 깨달았어. 내가 입양아일 뿐 이라는 걸. 그 사실은 내가 죽을 때까지 바뀌지 않겠지."

"조은재!"

"아, 그래, 까짓 거…… 한번 만나 보지, 뭐. 죽었는지 살았는지 생사는 확인해 두는 게 낫지 않겠어?"

이렇게 빈정거리는데도 별 동요하는 기색이 없다. 내 얼굴을 쳐다보느라 목을 한껏 뒤로 젖히고 있던 엄마는 갑자기 고개를 푹 떨구고 아빠는 빈 담뱃갑을 만지작거릴 뿐이다. 그걸 보자 이 상하게도 마음이 더 독해진다. 나 말고 다른 사람, 그것도 우리 엄마 아빠 가슴을 마구 후벼 파고 싶다는 충동으로 입안이 바싹 마른다.

"그리고 생각해 보니까 나 갑자기 가짜 딸 노릇 하는 거 싫어 졌어. 나도 이젠 진짜 엄마 만나서 진짜 딸 노릇 한번 해 보고 싶 어. 내가 가짜가 아니란 걸 친구들한테도 보여 주고 싶고."

나한테 이런 유치한 구석이 다 있었나? 내가 말해 놓고도 낯이 뜨겁다. 그 와중에도 엄마 얼굴을 살짝 쳐다본다. 엄만 백짓장처럼 하얘진 얼굴로 거실 바닥만 뚫어져라 쳐다보고 있다. 그걸 보자 조금은 통쾌한 기분이 든다.

"음, 이제 솔직한 네 마음을 알았으니…… 됐다. 아빤 네 진심을 알게 되어서 기쁘구나."

거짓말. 거짓말이다. 지금 이 순간 우리 모두 거짓말을 하고 있다. 그건 서로의 눈을 보면 알 수 있다.

"지금까지 키워 줘서 고마워. 미안하지만 중학교 졸업할 때까지만 기다려 줘. 졸업하면 어떻게든 방 구해서 나가 살게."

"이 녀석이 듣자 듣자 하니까……!"

아빠가 자리에서 벌떡 일어선다. 한 대 때릴 태세다. 나는 이를 악물고 아빠 눈을 똑바로 응시한다. 먼저 시선을 피한 사람은, 나 말고 아빠다.

아빠가 들어올린 손을 힘없이 내려놓는 것을 보고 내 방으로 뛰어 들어온다. 그러곤 문을 등지고 방바닥에 스르르 주저앉는다.

유치하기는. 어린애처럼 괜히 투정이나 부리고 말이야. 하지만 더러 어쩌라고. 지금은 아무 상관 없는 과거의 일들이 자꾸만 내 인생에 끼어들려고 하니까 짜증만 난다.

하지만 정말 그뿐일가……? 솔직히, 잘 모르겠다. 이상하게도 엄마 입에서 그 이야기가 나오자마자 갈비뼈라도 부러진 것처럼 가슴팍이 아팠다. 왜 그런지는 모른다. 우리 엄마 말고 날 낳아 준 사람이 따로 있다는 사실이 괜히 싫었나 보다. 그리고 그 사람이 내게는 부러진 갈비뼈보다 더 아픈 존재라는 사실이.

어째…… 눈물이 날 것 같다. 입술을 꽉 깨물고 눈물을 꿀꺽 삼켜 버린다. 이런 일 때문에 우는 건 바보 같은 짓이다.

어떤 사실들을 지우개로 지울 수만 있다면 얼마나 좋을까? 그렇다면 난 갈비뼈 때문에 슬퍼할 일도 없을 텐데…….

～

시계를 보며 은혜를 기다린다. 벌써 겨울이 오려는지 사람들 옷이 두툼해졌다. 차표를 다시 한 번 확인한 뒤 주머니에 집어넣는다. 메고 있던 가방을 대합실 의자에 내려놓고 멀뚱히 서서 개찰구 안으로 들어가는 사람들을 구경한다.

저렇게나 많은 사람들이 이른 새벽부터 어디로 가는 걸까. 나처럼 사연이 많은 사람들일까? 그렇게 생각하고 보니 사람들 뒷모습이 예사롭지가 않다. 모두 한자리에 모여 각자의 사연을 이야기해 보라고 하면 기다렸다는 듯 술술 이야기할 것만 같다.

나는 다른 사람들처럼 한쪽 다리를 꼬고 앉아 이마 위로 흘러내린 머리카락을 입김으로 후 불어 올린다. 그런 나를 사람들이 힐끔힐끔 쳐다보는 것 같다.

버스 시간 10분을 남겨 놓고 은혜가 도착했다. 은혜는 무슨 소풍 가는 애처럼 들떠서 입이 귀에 걸려 있다. 어쨌든 이른 새벽에 여기까지 와 준 게 고마워서 자동판매기 앞으로 은혜를 데려간다.

"일단 커피 한 잔 때려 주시고."

동전을 집어넣고 밀크 커피 버튼을 누른다.

"야, 난 커피 안 마셔. 잠 못 잔단 말이야."

은혜가 고개를 설레설레 흔든다.

"오늘은 잠을 못 잘 수도 있어. 그러니까 미리 마셔 두면 좋을 거야. 저길 봐, 커피 안 마시는 사람 있냐?"

나는 대합실 의자에 앉아 커피를 홀짝이는 사람들을 가리킨다.

"그래도 싫어. 너나 마셔."

은혜가 고집을 피우는 바람에 할 수 없이 커피는 한 잔만 뽑아 들고 의자에 가서 앉는다. 우리는 한동안 말없이 대합실 벽면에 붙어 있는 시계만 바라보고 있다.

마침내 정읍행 버스가 출발한다는 안내 방송이 나오자 의자에 앉아 있던 사람들이 하나둘 8번 출구를 향해 걸어가기 시작한다. 나와 은혜도 가방을 챙겨 들고 일어나 재빨리 탑승구를 향해 뛰어간다. 검표가 끝나고 드디어 버스에 올라탄다. 좌석은 뒤에서 세 번째 줄에 있다. 일단 자리에 앉고 나자 은혜가 긴 숨을 토해 낸다.

"예전부터 가출 한번 해 보는 게 소원이었는데."

참, 별 소원도 다 있네. 나는 무릎 위에 가방을 올려놓은 채 고개를 옆으로 돌려 은혜를 바라본다.

"중학교 졸업하기 전에 그 소원을 이루게 될 줄 꿈에도 몰랐지 뭐니!"

두 손을 맞잡은 은혜가 감격스러운 얼굴로 낮게 소리친다.

"하여간 네 정신세계는 참 입체적이더라."

"그럼 넌 평면이고?"

듣고 보니 단순하다는 말 같아서 기분 나쁘다.

"하여간 명심해. 우린 지금 유치하게 가출이나 하는 비행 청소년이 아니라는 걸. 이번 여행은 분명한 목적이 있는 여행이야. 그것도 아주 중요한. 그러니까 무척 힘든 하루가 될 수도 있다고."

"당연하지. 넌 내가 그런 것도 모르는 바본 줄 아니? 자고로 젊어서 고생은 사서도 한다더라."

"어련하겠냐."

"아, 어쨌든 난 너무 설렌다."

순간 선글라스를 낀 운전기사가 우리 앞으로 다가와서 표를 보여 달라고 하는 바람에 은혜가 입을 다문다. 나는 말없이 호주머니에서 표를 꺼내 운전기사에게 건넨다.

"너희들, 여행 가는구나."

운전기사가 표를 반으로 뚝 잘라 나머지 반을 내게 건네며 말을 건다.

"아니오, 할머니 댁에 가요."

은혜가 얼른 말을 받아넘긴다. 운전기사는 씩 웃더니 도로 앞쪽으로 가서 운전석에 앉는다. 새벽에 선글라스를 끼고 있다니. 살짝 맛이 간 게 아닐까. 그런 생각이 들었지만 모든 것을 운명에 맡기기로 하고 가방에서 김밥을 꺼낸다. 아까 은혜를 기다리는 동안 미리 사 두었던 거다. 은혜는 얼른 김밥 하나를 입속에 집어넣고 우물거린다.

운전기사가 버스에 시동을 거는 것을 보고 우리는 동시에 안전벨트를 찾아서 맨다. 드디어 버스가 출발하기 시작했다. 은혜는 좋아서 어쩔 줄 모른다. 그런 은혜를 보고 있다 차창 밖으로 시선을 돌린다.

아직 떠나지 못한 사람들이 무표정한 얼굴로 떠나는 버스를 바라보고 서 있다. 혹시 저 수많은 사람들 중에 날 낳아 준 그 여자도 섞여 있지 않을까? 말도 안 되는 일인 줄 알지만 말이 안 될 것도 없다. 내가 태어난 것부터가 원래부터 말이 안 되는 거였으니까.

난 아직도 사춘기인 걸까? 왜 자꾸 미끄러지고 넘어지는 거지?

살짝 슬퍼지려고 한다. 은혜가 내 기분을 눈치챌까 봐 김밥 하나를 얼른 입속에 집어넣고 우물거린다. 버스는 어느새 터미널을 벗어나 복잡한 도심 한가운데를 달리고 있다.

"너, 주소는 잘 가지고 있는 거지?"

은혜가 제 팔꿈치로 옆구리를 쿡 찌르며 묻는 바람에 깜짝 놀라 고개를 끄덕인다.

"근데 너 대단하다. 어떻게 갑자기 그런 결심을 했니?"

"할머니를 보내 드리려면 이 방법밖에 없을 것 같아서."

나는 생각나는 대로 아무렇게나 지껄인다. 얘기를 해 놓고 보니 어느 정도 맞는 말 같기도 하다.

"정말 있을까?"

"또 뭐."

"보물 말이야."

맙소사. 은혜는 우리가 정말 보물섬에 가는 줄 아나 보다.

"그건 가 보면 알겠지."

은혜를 실망시키고 싶지 않아 대충 그렇게 둘러댄다.

"만약 보물을 찾으면 어디에 쓸 건데?"

이거 일일이 대답을 해야 할지 말아야 할지 고민된다. 하지만 은혜 얼굴을 보니 대답을 하지 않고는 못 배기겠다.

"아주 튼튼하게 지은 집을 살 거야. 졸업하면 거기서 혼자 살고 싶어."

"혼자서 말이니?"

"응. 나 혼자서만."

"외롭지 않을까?"

"괜찮아. 가끔씩 네가 놀러 오면 되잖아."

"당연한 말씀. 네가 집을 사면 내가 매일 가서 청소도 해 주고 빨래도 해 줄게."

참 눈물나게 고맙다. 나는 더 이상 말하고 싶지 않다는 듯 눈을 감고 머리를 등받이에 기댄다. 버스가 덜컹거릴 때마다 내 몸도 따라서 덜컹거린다. 일정한 간격으로 움직이는 바람에 슬슬 졸음이 밀려온다.

놀라서 눈을 뜬다. 어디선가 아기 울음소리가 들려오는 것 같다. 고개를 옆으로 돌려 보니 은혜가 내 어깨에 머리를 기댄 채 잠들어 있다. 다시 눈을 감아 보지만 아기 울음소리가 그치지 않는다.

가만히 듣고 보니 언젠가 들었던 아기 울음소리와 똑같은 울음소리다. 나는 눈을 꾹 감아 버린다. 하지만 내 머릿속은 온통 울음소리로 가득 차 있다.

문득, 보육원에서 내 품에 안겨 울음을 뚝 그치곤 했던 아기 생각이 난다. 그 아기는 지금 어떻게 되었을까……? 나처럼 좋은 양부모를 만나 잘 살고 있을까? 어쩌면 아직 보육원에 살고 있을지도 모른다. 나중에 에스텔 수녀님한테 꼭 한 번 물어봐야겠다.

"아, 애 좀 달래 봐요! 시끄러워서 잠을 잘 수가 없네."

내 앞좌석에 앉아 있던 양복 입은 남자가 소리친다. 사람들의 시선이 일제히 어느 한곳으로 향하는 것 같다. 고개를 돌려 보니 맨 뒷좌석 바로 앞에 앉아 있던 한 여자가 선 채로 아기를 달래고 있다.

작은 이불 안에서 악을 쓰고 울던 아기는 점차 울음이 잦아들더니 어느새 잠이 들었는지 조용해진다. 그 와중에도 은혜는 침까지 흘리며 자고 있다.

드디어 목적지에 도착했다. 우리는 재빨리 가방을 챙겨 들고 일어난다. 다른 사람들도 각자 짐을 찾아 들고 일어나 버스에서 내린다. 나는 잠이 덜 깬 은혜 손을 꼭 잡는다.

아기를 데리고 탔던 젊은 여자가 우리 앞에 서 있다. 포대기에 싸여 업힌 채 칭얼거리는 아기 얼굴을 힐끔 쳐다본다. 내가 혀를 쏙 내밀자 칭얼거리던 아기가 으앙, 울음을 터뜨려 버린다. 당황한 내가 아기를 달래려고 손을 내밀자 울음소리는 더욱 거세어진다. 젊은 여자는 우는 아기를 들쳐 업은 채 버스에서 내린 뒤 다급히 어디론가 사라져 버린다.

"어머나, 정말 작은 도시인가 봐."

터미널 내부를 살펴본 은혜가 속삭인다. 어떤 할머니가 대합실 한쪽 구석에다 곶감을 잔뜩 쌓아 놓고 앉아 있는 게 눈에 띈다. 우리와 눈이 마주친 할머니는 한번 맛이나 보라면서 먹음직스럽게 생긴 곶감 한 개를 내민다. 은혜가 손을 내밀려고 하자 내가 얼른 은혜 손등을 내려친다.

"저거 살 돈 없어."

"그냥 맛만 보라고 하시잖아."

"맛만 보고 그냥 가 버리면 좋아하시겠니?"

은혜가 그런 내 얼굴을 이상하다는 듯 바라본다.

"왜, 내 얼굴에 뭐 묻었냐? 눈 뜨고 코 베어 간다잖아. 그게 세상 인심이야."

"너, 너무 삭막하다."

"넌 너무 순진해서 탈이고."

그렇게 말하고 난 뒤 가방에서 다이어리를 꺼내 펼쳐 든다. 터미널 오른편에 있는 버스 정류장에서 '칠보'행 버스를 타고 백석 사거리에서 내려야 한다고 적혀 있다. 나는 느려 터진 은혜 손을 잡고 대합실 통로를 빠져나온다. 터미널 앞에도 대합실 안의 할머니 같은 분들이 나란히 앉아 각기 가져온 물건들을 팔고 있다.

커다란 대야에 꼬막을 담가 놓고 파는 할머니도 있고 미꾸라지나 잉어 같은 물고기들을 판다고 외치는 할머니도 있다. 어떤 할머니는 약이 되는 고양이를 판다고 외치기도 하고 심지어 어떤 할머니는 거북이를 팔기도 해서 내심 놀라는 중이다. 대체 누가 저런 걸 사 갈까 심히 의심되는 목록들이 몇 개 섞여 있긴 하지만 할머니들 인상은 그리 험악해 보이지는 않는다. 나는 구경 좀 하고 가자며 조르는 은혜를 달래 버스 정류장까지 데려간다. 지금부터는 내가 은혜의 보호자인 것이다.

⚬

정류장에 앉아 있던 은혜가 핏기 없이 노래진 얼굴로 내 이름을 작게 부른다.

"어디 아파?"

"아니, 그게 아니라……."

"그럼 혹시……."

은혜가 난처한 듯 콧등을 살짝 찌푸리고 웃는다.

"에이, 하필 이럴 때."

"어차피 시간도 많이 남았잖아."

우리는 다시 대합실 안으로 들어가기 위해 왔던 길을 되돌아간다. 아까 봤던 할머니들 앞을 또 한 번 지나쳐 가려니 왠지 쑥스럽다.

겨우 대합실 안에 있는 화장실을 찾아 들어간다. 은혜는 급했는지 부리나케 맨 뒤쪽에 있는 화장실 문을 두드린다. 사람이 있는지 거친 노크 소리가 들려와서 그 옆으로 옮겨 간다. 은혜가 문을 두드리자 안에서 또 사람이 있다는 신호가 들린다. 은혜 얼굴이 울상이다. 세 번째 칸에도 사람이 있나 보다. 다행히 입구에서 가장 가까운 네 번째 칸은 비어 있다. 은혜가 후다닥 안으로 들어가고 나서 곧바로 힘주는 소리가 들려온다. 나는 양손에 가방을 든 채 세면대 앞에 멀뚱히 서 있다.

얼마 안 있어 화장실 안이 담배 연기로 자욱해진다. 벽면에 커다란 글씨로 금연이라고 써 있는데도 누군가 버젓이 담배를 피우는 모양이다.

거북이 등딱지처럼 가방 한 개를 앞으로 메고 나머지 가방 한 개는 뒤로 멘 채 세면대 앞에서 손을 씻는다. 손을 씻는 동안 갑자기 뒤칸 화장실 문이 벌컥 열리더니 어려 보이는 여자애들 둘이서 나란히 걸어 나온다. 나는 태연한 척 벽면에 있는 건조기 밑으로 손을 밀어 넣는다. 윙 소리가 나며 바람이 새어 나온다.

잠시 후 두 번째 칸과 세 번째 칸에서 비슷한 또래의 여자애들이 나온다. 둘 넷 여섯……. 정확히 일곱 명이다. 저렇게 모여 다니며 자칭 칠공주파라고 하는 애들 어딜 가나 꼭 한 팀씩 있기 마련이다. 재수 없으면 영영 집에 못 돌아가는 사태가 벌어질지 모르겠다. 최대한 공손한 얼굴로 10대들에게 세면대를 내어 주며 자리를 비킨다.

언뜻 보니 화장을 했어도 나보다 더 어려 보인다. 어떤 여자애는 하이힐을 신어서 그런지 오리처럼 뒤뚱거리며 걷는 게 무척 어색하다. 하여간 요즘 10대들은……. 그런 생각이 들었지만 절대로 내색하지 않는다.

10대들은 그런 나를 본척만척하며 거울 앞으로 몰려간다. 그러곤 핸드백에서 화장품을 꺼내 한참을 바른다. 여기저기 수정할 데가 많은가 보다.

드디어 문이 열리고 말끔한 표정의 은혜가 걸어 나온다. 은혜는 겁도 없이 10대들을 밀치고 세면대 앞으로 끼어 들어간다. 그러곤 태연히 물을 틀어 손을 씻는다. 요란하게 수다를 떨며 화장을 고치던 10대들이 갑자기 입을 다물고 한쪽으로 비켜선다.

거울에 비친 여러 개의 눈동자들이 서로 눈을 마주치며 가소롭다는 듯 웃는다. 분위기가 심상치 않다. 은혜는 그런 것도 모르고 손도 참 오래 씻는다. 애가 어쩌면 저렇게 둔할까, 싶다.

그중에서 제일 얼굴도 예쁘고 키가 큰 어떤 여자애가 갑자기 가방 안에서 담뱃갑을 꺼내 든다. 그 애가 담배를 입에 물자 옆에 서 있던 다른 못생긴 애가 재빨리 라이터로 불을 붙여 준다. 여자애는 연기를 길게 내뿜으며 은혜를 쳐다본다. 은혜는 손을 다 씻고 나서도 거울을 보며 머리를 매만진다. 보는 사람은 답답해서 속이 터질 지경이다.

"이 언니, 겁나게 이쁘게 생겼네이."

"근디 원래 이쁜 것들이 눈치가 없드라고."

나, 지금 떨고 있다. 그제야 사태가 심각하다는 걸 눈치챈 은혜가 주춤거리며 내 옆에 와서 선다. 한 대 때려 주고 싶게 얄밉다.

예쁜 애가 불붙은 담배꽁초를 바닥에 내던지고는 구두로 밟아서 불을 끈다. 그러곤 또각또각 소리를 내며 우리 앞으로 바짝 다가온다.

"언니들, 우리가 누군지 몰라?"

"누구신지…… 잘 모르겠는데요……."

나는 침을 꿀꺽 삼키고 난 뒤 겨우 입을 연다. 같은 10대들한테 존댓말 하려니까 무지 어색하다.

"우리가 누군지 모르는 거 봉게 여기 사는 언니들은 아닌가 보네. 언니들, 어느 별에서 왔능가?"

"저기 서울에서……."

이번엔 은혜가 대답한다. 여자애들이 서로 얼굴을 마주보며 키득거린다.

"너는 서울이 어딘 줄 아냐?"

예쁜 애가 옆에 서 있던 못생긴 애한테 묻는다. 그러자 못생긴 애가 인조 속눈썹을 깜박거리며 즉각 대답한다.

"우리나라 수도잖어. 대한민국 수도, 서울!"

10대들이 엄청 웃기다는 듯 까르르 웃기 시작한다. 화장실 안이 웃음소리로 가득하다. 이상하게도 사람 주눅들게 만드는 웃음소리다.

때마침 어떤 할머니 한 분이 화장실 문을 열고 들어온다. 너무도 반가워서 얼굴을 보니 아까 곶감 먹어 보라던 그 할머니다. 나는 도움을 요청하는 눈길로 할머니 얼굴을 쳐다본다. 할머니는 그런 내 시선을 못 봤는지 첫 번째 칸으로 들어가 버린다. 10대들은 팔짱을 끼고 선 채 할머니가 볼일을 다 마칠 때까지 기다린다.

"너그들 오늘은 적당히 하고 그냥 보내 줘라이."

화장실에서 나온 할머니는 바지를 추켜올리며 별일 아니라는 듯 심드렁하게 얘기하고 지나간다.

"할머니는 곶감이나 많이 파시랑게요."

한 여자애가 실실 웃으며 그렇게 대꾸한다.

할머니는 별 관심 없다는 듯 도로 밖으로 나가 버린다. 정말이지 하늘이 무너지는 것 같은 심정이다. 사람이 어떻게 불의를 보고도 그냥 지나쳐 갈 수 있담. 쫄딱 망해 버려라…….

"우리가 좀 바뻐. 긍게 빨리빨리 하자이. 일단 너부터."

"네?"

못생긴 애 손가락이 나를 가리키고 있다. 대체 뭘 하라는 건지 감을 잡을 수가 없다.

"서울 가시나들이라고 봐주는 것 없어야. 긍게 빨리 까 봐."

뭘 까라는 거지? 메고 있던 가방을 내려놓고 주춤거린다. 내

가방 안에는 껍질을 깔 만한 물건이 없는데. 예쁜 애가 한 발짝 더 앞으로 다가온다. 침을 꿀꺽 삼킨다.

"휴대폰, 액세서리, 지갑……. 그리고 너, 그 신발도 참 좋아 보인다."

나는 지난달 새로 사 신은 아디다스 캔버스화를 물끄러미 내려다본다.

"운동화는 아디다스가 제일 좋지."

"아녀, 나이키도 좋아."

걔들이 티격태격하는 사이, 인조 속눈썹이 나를 밀어서 넘어 뜨린다. 나는 얼떨떨한 얼굴로 물기가 있는 화장실 바닥에 엉덩 방아를 찧는다. 아까 그 못생긴 애보다 좀 더 못생긴 애가 앞으로 나오더니 내 신발을 벗겨 낸다. 걔는 추리닝 차림에 슬리퍼를 신고 있다가 자신이 신고 있던 슬리퍼 두 짝을 내 발에 대충 끼워 신긴다. 은혜와 나는 다른 사람이 내 캔버스화를 신어 보는 것을 말없이 쳐다본다.

"아따, 대충 맞는 것 같네이. 안 그래도 발이 시려웠는디 잘됐다야."

그러곤 뒤쪽으로 성큼 물러나 버린다.

"시간 없어야. 옆에 있는 가시나도 한번 털어 봐."

다행히 은혜는 신발을 빼앗기지는 않았다.

우리는 말없이 고개를 숙이고 선 채 10대들이 우리 옷과 가방 을 뒤지도록 내버려 둔다. 지금 이 순간, 조은재 체면 말이 아니다. 은혜가 내게 어떻게 좀 해 보라는 눈짓을 해 왔지만 이 상황에서 잘못 나섰다가는 뒤지게 맞는 수가 있다. 눈치를 보니 터미널 주변이 이 무서운 10대들 구역 정도는 되는 것 같다.

게다가 이 시간에 학교에 안 있고 이런 곳에서 배회하는 걸 보면 분명 한세영네 일당과는 비교도 안 되게 겁나는 애들이다. 한마디로 막가는 인생들인 거다. 이런 애들은 무서울 게 없으니까 정말로 조심해야 한다. 섣불리 나서서 피를 보느니 차라리 가진 걸 곱게 내주고 건강한 모습으로 집에 돌아가는 것이 우리의 의무다.

10대들은 내 휴대폰과 시계 그리고 지갑에 들어 있던 5만 원까지 모두 가져간다. 은혜는 가진 게 별로 없어 빼앗길 것도 없다. 10대들의 실망스러운 눈길이 은혜한테 가서 꽂힌다. 예쁜 애가 은혜 뺨을 툭툭 건드린다.

이러다 할머니 심부름은 고사하고 영영 집에 못 돌아가면 어떡하지? 순간 그런 생각이 들어 덜컥 겁이 난다. 지금쯤 내가 없어진 걸 알고 엄마 아빠가 무척 걱정하고 있을 텐데. 쪽지라도 남기고 올 걸 그랬나 보다.

"언니들, 아쉽지만 여기서 작별을 해야겠네이."

다행히 누군가 그렇게 말해 줘서 걱정을 던다.

"하여간 언니들, 오늘 고마웠어."

그러곤 어디론가 또 우르르 몰려 나간다. 그제야 은혜와 나는 서로 얼굴을 마주 본다. 굳이 말 안 해도 지금 우리가 각자 얼마

나 쪽팔려 하는지 알 수 있을 것 같은 얼굴이다. 나는 슬리퍼를
신은 채 주섬주섬 가방을 멘다. 다리가 후들거려 서 있기조차 힘
들지만 은혜 앞에서 내색하고 싶지 않아 꿋꿋한 척한다. 은혜도
옆에서 말없이 가방을 멘다. 차라리 나 혼자 당했으면 좋았을걸.
내가 그 어린것들한테 얌전히 당하고만 있는 것을 은혜가 보았
다고 생각하니 어디 쥐구멍 있으면 들어가고 싶다.

"너, 아까 되게 고분고분하더라……. 네가 그러는 모습은 처음
봐."

이 기집애, 기어이 사람 염장을 지른다. 나는 심하게 덜컹거리
는 버스 뒷자리에 앉아 말없이 창밖을 본다. 걔들이 주머니에 든
천 원짜리는 그냥 돌려줬기에 망정이지 안 그럼 버스도 못 탈 뻔
했다.

"그나저나 이제 어떡하냐. 돈도 다 빼앗겼는데……."

창밖으로 시선을 향한 채 혼잣말처럼 중얼거린다. 그러자 은
혜가 내 옆구리를 쿡 찌른다. 돌아보니 은혜가 잘 접힌 만 원짜리
지폐를 손에 들고 흔드는 게 보인다.

"어, 그건……."

"넌 목소리만 컸지 속은 허깨비야. 나처럼 돈을 숨겨 가지고
다녔어야지. 낯선 곳을 여행하면서 그런 생각도 못했단 말이
야?"

당당하게 얘기하는 은혜 얼굴을 우울하게 쳐다본다. 그나마 돈

이 남아 있어서 다행이긴 한데 어째 더 나만 비참해지는 것 같다.

"그래, 넌 잘나서 참 좋겠다."

그렇게 말하곤 눈을 감아 버린다.

8
열여섯 대의 매

"양귀순 할머니라고 했지? 기록을 한번 찾아보자."

에스텔 수녀님보다도 더 나이가 들어 보이는 원장 수녀님이 두툼한 서류철을 한 장 한 장 넘겨 보기 시작한다.

나는 수녀님이 따라 준 차를 마시며 방 안을 둘러본다. 옛날 내가 살던 보육원의 원장실과 별로 다른 게 없는 것 같다. 나는 창가에 놓여 있는 커다란 성모상을 바라본다. 언제 봐도 슬퍼 보이는 얼굴이다.

"여긴 없는데…… . 할머니 생년월일은 알고 있니?"

나는 다이어리에 적힌 할머니 생년월일을 보여 준다. 그걸 본 원장 수녀님이 돋보기를 들고 책상 앞으로 가서 앉는다. 돋보기를 쓴 수녀님이 컴퓨터에 할머니 이름과 생년월일을 입력하는 걸 지켜본다.

"아, 양귀순 할머니…… 여기 나오네. 1962년도에 이곳에 온 기록이 남아 있구나."

은혜가 놀란 얼굴로 나를 쳐다본다. 설마 했던 나도 놀라긴 마찬가지다. 시간이 갈수록 할머니 존재가 실감 나는 것 같다.

"잠깐만, 그리고 보니 작년에도 누군가 양귀순 할머니를 찾았던 것 같은데……."

원장 수녀님이 그렇게 말하고는 인터폰을 누른다. 잠시 후에 젊은 수녀님 한 분이 원장실 문을 열고 들어오신다. 젊은 수녀님은 원장 수녀님으로부터 할머니 이름을 듣자마자 대번에 알은체를 한다.

"아, 그 할머니 앞으로 온 편지가 있어요."

"편지요?"

우리가 동시에 외치고 수녀님이 고개를 끄덕거린다.

"97년도였나? 그해 현지에서 해외 입양아들을 대상으로 친가족 찾기 신청을 받았거든요."

"아, 그래요. 그런 적이 있었지요."

원장 수녀님이 생각난다는 듯 고개를 끄덕이며 대답한다. 오래전 일을 다 기억하고 계시는 걸 보면 원장 수녀님도 그렇게 늙지는 않은 것 같다.

"그때 홀트에서 우리 보육원으로 연락이 왔었답니다. 양귀순 할머니를 찾는 분이 있다면서요. 알고 보니 62년도에 우리 보육

원에 맡겨졌다가 호주로 입양된 진정애라는 분이었어요. 그분이
친모를 찾기 위해 신청서를 낸 거지요."

"그래서 할머니와는 연락이 닿았던가요?"

"아뇨, 우리도 찾아보려고 노력은 했지만 처음엔 찾을 수 없었
어요. 우리가 할머니에 대해 아는 거라곤 생년월일과 이름뿐이
었으니까요. 작년 봄이 되어서야 겨우 할머니 사시는 곳을 찾아
냈지만……."

세실리아 수녀님은 그 부분에서 잠시 말을 멈추었다. 그러곤
우리 쪽을 한 번 쳐다보았다.

"……안타깝게도 양귀순 할머니는 아무것도 기억하지 못하시
더구나. 아버님과도 통화를 했지만 역시 잘 모르겠다는 대답뿐
이었고. 게다가 그 무렵에는 따님과도 연락이 되지 않았단다. 아
마 이사를 하느라 그랬던 모양이야. 뒤늦게 새 주소로 편지를 보
내와서 어떻게 처리할까 고민 중이었는데……."

이거 대체 뭐가 어떻고 어떻다는 건지. 친모 찾기는 뭐고 해외
입양은 또 뭐냐. 알면 알수록 혼란스럽기만 하다.

"양귀순 할머니 손녀딸……?"

세실리아 수녀님이 묻자 우리가 동시에 고개를 끄덕거린다.

"할머니가 보내서 왔니?"

"아니오. 우리 할머닌…… 돌아가셨어요."

"이런……."

원장 수녀님과 세실리아 수녀님이 안타깝다는 듯 성호를 긋

는다.

"그럼 너희들은…….."

"이 친구 몸 속에 할머니 귀신이……."

이런 바보. 나는 화들짝 놀라 은혜 발등을 툭 찬다. 수녀님들 앞에서 귀신이 어떻고 하는 게 말이 되는 소리냐.

"응? 방금 뭐라고 했니?"

"아니오, 엄마가 한번 찾아가 보라고 해서 왔어요. 엄만 회사에 다니셔서 시간을 낼 수가 없거든요. 할머니가 돌아가시기 전에 부탁을 하셨나 봐요."

대충 둘러대고 고개를 숙여 버린다. 수녀님 앞에서 거짓말하려니 엄청 찔린다.

"그랬구나. 좀 더 일찍 찾아왔더라면 좋았을 것을……. 하지만 지금이라도 편지를 전해 줄 수 있게 되어 참 다행이다."

세실리아 수녀님이 우리에게 기다리라고 말한 다음 문을 열고 나간다. 나는 더 자세한 이야기를 듣고 싶어 원장 수녀님께 이것저것 캐묻는다. 원장 수녀님은 할머니에 대한 기억은 없지만 이곳에 아기를 맡기러 온 대부분의 여자들은 사연이 다 제각각이라고만 말씀하신다.

우리 할머니에게 말 못 할 사연이 있었다니, 그게 대체 뭘까. 어쨌거나 기분이 좀 이상하다. 화가 나는 것 같기도 하고 한편으론 할머니를 조금 이해할 수 있을 것 같기도 하다. 자신이 낳은 딸을 다른 사람에게 떠넘겨 버리는 건 분명 무책임한 짓이다. 하지만 얼마나 한이 맺혔으면 귀신이 되어서도 그 딸을 찾으러 왔을까, 싶다.

원장 수녀님께 얘기를 듣고 있는 동안 세실리아 수녀님이 문을 열고 들어선다. 책상 앞에 앉아 있던 원장 수녀님도 다시 소파에 와서 앉는다. 세실리아 수녀님은 들고 온 편지 봉투와 함께 작은 상자를 테이블 위에 내려놓는다.

"아직 뜯어보지 않았단다."

세실리아 수녀님이 내게 편지를 건네준다.

"부모님께 잘 전달해 드릴게요."

"그렇게 하렴. 이제야 그 편지의 주인을 찾은 것 같아 마음이 놓이는구나."

편지 봉투를 받아 들고 만지작거린다. 뭐랄까, 이건 마치 수수께끼 같다. 할머니는 떠나고 없는데 뒤늦게 지구 반대편에서 할머니의 존재를 증명해 줄 서류가 도착한 거다.

"자, 여기. 선물이 또 있구나. 할머님 기록을 찾다가 오래된 캐비닛 안에서 발견한 상자란다. 이걸 왜 두고 떠나셨는지는 모르겠지만 말이야."

세실리아 수녀님이 작은 상자를 들어 내게 건네준다. 순간 은혜의 눈빛이 쨍하고 빛나는 게 느껴진다. 이 속에 정말 땅문서라도 들었나?

"양귀순 할머니는 1962년도 여름부터 그해 가을까지 이곳에 머무셨더구나."

"네에……."

원장 수녀님과 세실리아 수녀님이 말없이 고개를 끄덕거린다. 더 이상 할 일이 없어진 나는 은혜에게 그만 나가자는 눈짓을 하고는 자리에서 일어선다. 나가기 전에 원장 수녀님께 아이들을 만나 봐도 괜찮으냐고 물으니 흔쾌히 고개를 끄덕이신다.

"되고말고. 이곳 아이들은 손님이 오시는 것을 굉장히 좋아한단다."

나는 그 말을 이해했다. 옛날에 내가 살던 보육원 아이들도 그랬으니까.

내가 은혜 손을 잡고 가장 먼저 들른 곳은 아기방이다. 이곳의 아기들도 칸칸이 나뉘어진 원목 침대 안에 누워 손가락을 빨고 있거나 멍하니 천장을 보고 있다. 자원봉사자들이 있긴 하지만 여럿이서 한꺼번에 우는 아기들을 일일이 안아 주는 건 거의 불가능해 보인다. 서너 명의 아기들이 자원봉사자들의 품에 안겨 젖병을 빨고 있고 나머지 아기들은 계속 울기만 한다. 은혜는 자원봉사자들의 허락을 받아 어떤 우는 아기를 들어 올린다. 은혜 품에 안긴 아기가 울음을 뚝 그치자 은혜가 신기하다는 듯 아기의 작은 손을 잡고 조심스레 흔들어 본다. 그걸 보자 또다시 내 품에 안겨 울음을 그치곤 했던 아기 생각이 난다.

그래……. 생각해 보면 나는 운이 좋았다. 그렇다면 나 때문에 우리 엄마 아빠에게 입양되지 못했던 아기방의 그 아기는 운이 나빴던 걸까? 문득 그런 생각이 든다. 내가 행운을 가로채 가서 그 아기의 인생이 달라졌다면 난 평생 미안함을 느껴야 할지도 모른다. 그건 정말 슬픈 일이다.

자원봉사자 품에서 잠든 아기들이 하나둘 침대 위에 눕혀진다. 울던 아기들도 자기 차례가 돌아온 걸 알았는지 울음을 멈추고 허공을 향해 손을 버둥거린다. 나는 은혜가 잠든 아기를 침대 위에 눕히는 걸 보고 있다가 은혜와 함께 아기방에서 나온다.

"저 아기들은 알까?"

마음이 여린 은혜가 우울한 얼굴이 되어 묻는다.

"뭘?"

"자신이 버려졌다는 사실을 말이야."

"아마도 알고 있을 거야. 누구에게나 엄마 품은 특별한 거잖아. 그걸 잃어버렸기 때문에 아기들이 저렇게 많이 우는 거겠지."

"나, 가슴이 막 아파."

말은 하지 않았지만 나도 아프다. 보육원에서 한꺼번에 우는 아기들을 보는 건 언제 봐도 슬픈 광경이니까.

우리는 이 보육원에서 가장 나이가 많은 아이들이 있는 새싹방에 들어간다. 네 살부터 여섯 살까지의 아이들이 사는 방이다. 새싹방은 아기방보다 좀 더 활기에 차 있다. 큰 아이들은 저보다 작은 아이들을 돌보고 작은 아이들은 저보다 큰 아이들을 졸졸 따라다닌다.

어떤 아이들은 침대에서 내려오지 않고 2층 침대 위에 올라가 혼자서 논다. 그런 아이들을 보니 내 마음도 좋지 않다. 다행히 아이들이 은혜와 나를 잘 따라 주어서 우리는 기차놀이도 하고 이불 놀이도 하며 시간을 보낸다.

침대 위에서 혼자 놀던 어떤 아이가 우리가 재미있게 노는 것을 보고 부러운 듯 고개를 쑥 내밀었다가 나와 눈이 마주치자 안쪽으로 성큼 물러나 앉는다. 그런 아이일수록 누군가의 따뜻한 손길을 더욱 절실히 기다리는 법이다. 옛날에 내가 그랬던 것처럼.

나는 그 아이를 모른 척할 수가 없어서 그쪽으로 다가간다.

"이리 와. 나랑 놀자."

내가 원목 침대의 나무살 사이로 손을 밀어 넣자 아이가 내 손등을 무언가로 사납게 내려친다. 어린아이지만 제법 손때가 맵다. 포기하지 않고 다시 손을 밀어 넣는다.

"내 손 좀 잡아 줄래? 손이 좀 시려서 그래."

이번엔 아무런 반응이 없다. 그래서 좀 더 적극적으로 말을 걸어 본다.

"너, 실은 여기 내려오고 싶지?"

"……."

"옛날에 나도 그랬어. 사람들이 너무 밉고 싫었지만 그렇다고 혼자 있는 건 더 무서웠지."

아이가 듣건 말건 나는 계속해서 말을 이어 간다.

"저기서 노는 아이들 좀 봐. 전부 너와 똑같은 아이들이야. 모두들 조금씩 화가 나 있다고. 하지만 용기를 내서 저렇게 웃는 거야, 그렇게 하면 무섭지는 않거든."

손을 계속 내밀고 있으려니 팔이 아프다. 그만 포기할까 생각했는데 아이가 작은 손바닥으로 내 손등을 덮어 준다. 따뜻하고, 보드라운 손이다. 나도 모르게 그만 울컥 눈물이 날 것 같다.

나는 용기를 내어 침대 위로 훌쩍 뛰어 올라간다. 생각했던 것보다 훨씬 더 작고 마른 아이다. 아이는 처음엔 조금 당황하는 것 같더니 자신이 들고 있던 곰 인형을 머뭇거리며 내게 보여 준다.

"너 닮아서 참 예쁘다."

그제야 아이 얼굴에 희미하게 웃음이 번진다. 나는 곰 인형과 함께 아이를 꼭 껴안아 준다. 아이의 작은 숨결이 가슴에 와서 닿는다. 내가 힘을 주자 아이도 더욱 세게 내 품을 파고들며 작은 얼굴을 옷자락에 비벼댄다. 순간, 내 안에 있던 여섯 살짜리 여자아이가 환하게 웃는 게 느껴진다. 그리고 그 계집아이는 어느새 성큼 자라서 자신과 똑같은 계집아이를 품에 안고 눈물을 찔끔 흘리는 것이다.

덜컹거리는 버스 안에서 편지를 뜯어본다. 영어로 쓰인 편지가 네 장씩이나 들어 있다. 아무리 봐도 아는 글자라곤 보이지 않는다. 그래도 영어라면 좀 자신 있었는데. 이건 영어가 아니라 무슨 히브리어같이 생겼다. 나는 편지 읽는 것을 포기하고 함께 동봉된 사진을 들여다본다.

카우보이 모자를 쓴 키 큰 외국인과 길게 기른 검은 머리칼을 소녀처럼 양 갈래로 땋아 내린 키 작은 여자가 나란히 어깨동무를 하고 서 있다. 그 앞에는 초등학생쯤으로 보이는 남자아이와 여자아이가 나란히 서 있다. 뒤로는 끝없이 넓은 목장이 펼쳐져 있고 여기저기 뛰어다니는 캥거루도 보인다. 네 사람 다 뭐가 그리 좋은지 입을 크게 벌리고 웃고 있다. 커다란 웃음소리가 여기까지 들려올 것만 같다.

"정말 똑같이 생겼네."

옆에서 사진을 같이 보던 은혜가 중얼거린다.

"그렇지? 특히 여기 눈이랑 코는 우리 할머니랑 똑같아. 할머니 코도 약간 들창코였거든."

나는 사진 속 키 작은 여자를 가리키며 은혜에게 설명한다. 한눈에 봐도 우리 할머니 딸인 거 금방 알 수 있을 만큼 두 사람이 닮았다는 게 정말 신기하다.

나는 한 번도 만나 본 적 없는 사진 속 고모의 얼굴을 오랫동안 들여다본다.

"사람이 어떤 사람을 그리워하다 보면 언젠가는 반드시 그 사람한테 가 닿게 되어 있는 것 같아. 그 사람이 어디에 살고 무엇을 하든 상관없이 말이야."

"그게 바로 텔레파시라는 거 아니겠냐."

나는 내 혼란스러운 마음을 들키지 않으려고 일부러 심드렁하게 대답해 버린다. 마침 버스가 터미널 앞 정류장에 멈춰 섰기 때문에 우리는 가방을 들고 일어선다. 한겨울이라 발이 무척 시리다. 은혜가 자기 신발하고 바꿔 신자고 했지만 자존심 상해 싫다고 말해 버린다.

"대체 누구였을까?"

터미널을 향해 걷는 동안 은혜가 물어 온다.

"고모의 친부 말이야……."

"그건 아마 영원히 알 수 없겠지. 그걸 알고 있는 분이 이미 돌아가셨으니까. 분명한 것은 두 사람이 지금 서로 만나고 싶어 한다는 사실이야. 과거에 어쨌든 간에."

"너 그렇게 말하니까 되게 어른스럽다."

은혜가 감탄의 눈길로 나를 우러러본다.

"우리 할머니뿐만 아니라 다른 사람들 모두가 다 비밀스러운 생을 살고 있는 것 같아. 우리가 어떤 사람을 안다고 하는 건 인생의 어느 한 부분이지 그 사람의 삶 전체가 아니잖아."

나는 내친김에 좀 더 멋있어 보이려고 그렇게 얘기한다. 잘하면 일명 '화장실 눈 뜨고 금품 도난 사건'을 이번 기회에 만회할 수도 있겠다. 예상대로 은혜는 감탄했는지 입을 쩍 벌리고 내 얼굴을 쳐다본다. 나는 별거 아니라는 투로 앞만 보고 걷는다.

"그건…… 안 볼 거니?"

은혜가 내 가방 속을 가리키며 묻는다. 오래된 캐비닛 안에서 발견되었다는 작은 상자를 말하는 걸 거다.

186

"응. 이건 나중에 집에 가서……."

내 말에 은혜 입술이 한 자나 튀어나온다.

"피이, 너 겁내고 있구나?"

"뭐야?"

"할머니의 비밀을 알게 될까 봐 겁내고 있다고."

"그런 거 아니거든? 그냥 좀 피곤해서 그래."

그렇게 말하곤 입을 다물어 버린다. 은혜도 삐졌는지 한동안
말이 없다.

벌써 깜깜한 밤이다. 버스가 서울에 도착하자마자 추위가 엄
습해 온다. 우리는 좁은 어깨를 웅송그린 채 집으로 오는 시내버
스에 몸을 싣는다. 집이 가까워질수록 몸과 마음이 점점 더 무거
워진다. 지금쯤 엄마 아빠는 어떻게 하고 계실까? 내가 집을 나
가 버린 것을 차라리 잘됐다고 생각하고 계실까? 나는 어깨를 더
욱 웅크리며 의자 깊숙이 파고든다.

어쩌면 벌써 에스텔 수녀님이 우리 집에 와 계실지도 모른다.
날 감당할 수 없다고 생각되면 엄만 늘 에스텔 수녀님을 찾곤 했
으니까. 그렇게 생각하자 집으로는 더욱 가기가 싫다. 하루 세 끼
꼬박 밥 먹여 주고 잠만 잘 수 있는 그런 곳은 어디 없을까.

은혜 엄마가 건강한 분이었다면, 은혜네 집에서 함께 살게 해
달라고 부탁해 볼 수도 있었을 텐데. 하지만 지금은 그럴 형편이
아니라는 거 잘 안다. 나 때문에 오히려 은혜 엄마가 더욱 힘들어

질 수도 있으니까 말이다.

나는 잠든 은혜를 깨워 버스에서 내린다. 이제 은혜를 집까지 데려다주고 나면 내 모든 임무가 끝나는 거다. 골목을 지나려는데 커다란 트럭이 좁은 골목 한가운데를 막고 서 있다. 이 밤중에도 누군가 이사를 하는 모양이다. 이제 사람들이 본격적으로 이 마을을 떠나려나 보다. 이사를 하면서 나온 쓰레기들을 대문 앞에 잔뜩 쌓아 놓고 그대로 떠나 버린 집도 보인다.

은혜와 나는 말없이 빈집에서 나온 쓰레기 더미를 바라본다. 골목 담벼락에 붉은 글씨로 엑스 자가 그려져 있고 그 옆에 '철거'라는 말이 써 있는 것도 본다. 대문 앞에 해적이 그려져 있는 집도 있다. 어째 갈수록 우리 동네 분위기가 험악해지는 것 같아 기분이 안 좋다.

"잘 가, 데려다줘서 고마워."

치, 근데 왜 맨날 내가 은혜를 데려다줘야 하는 거냐. 나도 가끔은 무서울 때가 있는데 말이다. 그렇지만 은혜 앞에서 그런 말을 하지는 않는다. 내가 그런다고 겁 많은 은혜가 다시 날 집 앞까지 데려다줄 리도 없으니까.

"내일 학교에서 보자. 내가 무사히 살아남는다면 말이다."

나는 제법 비장한 목소리로 그렇게 말한다. 은혜는 집으로 들어가려다 말고 등을 돌려 나를 쳐다본다. 가로등에 비친 은혜 얼굴이 무척이나 피곤해 보인다.

"그건 어떻게 할 거니? 편지 말이야."

"글쎄. 생각 중이야. 어차피 내가 갖고 있으면 읽지도 못할 테니까 아마 누군가에게 부탁을 해야 되겠지."

"답장 쓸 때 꼭 나 불러야 돼. 너 편지 같은 거 잘 못 쓰잖아."

인정머리 없는 것이 그렇게 말하고 집으로 쏙 들어가 버린다.

몇 번이나 좁은 골목길을 오르락내리락해 본다. 우리 식구들 중 누군가 먼저 나를 발견해 주기를 바라면서. 하지만 벌써 한 시간이나 지났는데도 아무도 대문 앞을 나와 보지 않는다. 차라리 비라도 내리면 좋겠다. 그럼 엄마나 아빠가 우산을 가지고 마중 나와 줄지도 모르는데.

나는 환하게 불 켜진 우리 집 거실을 훔쳐본다. 희미하게 텔레비전 소리가 들리는 것 같다. 뒤이어 엄마 아빠 그리고 영재의 웃음소리도 들려오는 듯하다. 잔뜩 실망한 나는 다시 발걸음을 돌리고 만다. 우리 가족은 내가 없어도 살 만한가 보다.

나는 혼자서 오만 가지 생각을 하며 무작정 발길이 닿는 대로 걷는다. 이대로 집을 나가 주유소나 중국집에 취직을 해 보면 어떨까. 그럼 밥은 굶지 않을 거다. 하지만 사장이 월급을 떼어먹으면 어떡한담. 그땐 어디 가서 하소연할 데도 없을 텐데. 게다가 잠은 또 어디서 자고. 요즘은 고시원 같은 곳에서 사는 사람도 많다던데, 거기나 한번 가 볼까? 하지만 지금은 당장 가진 돈이 없다.

어느새 골목을 벗어난 나는 공원 앞에 있는 아파트 단지를 올려다본다. 불이 꺼진 집도 있지만 대부분 환하게 불이 켜져 있다.

불 켜진 창문이 몇 개인지 세어 본다. 얼마 세지도 않은 것 같은데 백 개가 넘는다. 단지를 다 합하면 아마 천 개도 넘을 것 같다.

저렇게 많은 집들 중에 내 한 몸 편히 눕힐 곳이 없다는 게 서러울 뿐이다. 할 수 없이, 다시 집으로 돌아가기로 한다. 막상 결정을 내리자 마음이 한결 가볍다. 싸워야 한다면 싸우는 거다. 저도 좋다. 비겁하게 회피하는 것보다는 싸우다 지는 쪽이 훨씬 덜 쪽팔리는 거니까.

열세엣, 열네엣, 열다섯, 열여섯…….

침묵이 흐른다. 종아리에 통증이 느껴졌지만 피만 흐르지 않는다면 난 괜찮다. 오히려 매를 맞으니 속이 후련한 것 같다.

"앉아라."

낮게 깔린 음성이다. 후들거리는 두 다리를 겨우 바닥에 주저앉힌다.

"오늘 하루가 우리에겐 가장 힘든 시간이었다. 널 잃어버린 줄 알았으니까."

그 말끝에 아빠가 긴 한숨을 내쉰다.

"돌아왔으니…… 됐다."

그렇게 말하는 아빠 어깨가 한 뼘이나 내려앉은 것 같다.

"들어가서 푹 쉬도록 해라. 더 많은 이야기는 나중에 하고."

말없이 자리에서 일어난다. 그런 나를 영재가 얼른 부축해 준다. 절룩거리며 내 방으로 들어온다.

침대에 몸을 눕히고 나니 정말이지 살 것 같다. 역시 집이 좋긴 좋은 것 같다. 영재는 그런 나를 걱정스러운 눈길로 바라보고 서 있다.

"대체 어디 갔다 온 거야?"

철없는 네가 어찌 이 누나의 복잡한 심정을 헤아리겠냐. 등을 돌리고 눕는다.

"난 누나가 어떻게 된 줄 알고 마음을 얼마나 졸였는지 몰라. 심장이 막 타들어 가는 것 같았어."

짜식, 인정 많은 건 완전 날 닮았다. 나는 영재 몰래 씩 웃는다.

"게다가 엄만 완전히 허깨비 같았어. 하루 종일 물 한 모금도 마시지 않았단 말이야. 신발까지 짝짝이로 신고 온 동네를 다 찾아 헤매다 결국 경찰서까지 갔다 왔는데."

"거긴 왜?"

등 돌린 채로 그렇게 묻는다.

"아, 실종 신고 해야 할 거 아냐. 그래야 빨리 찾을 수 있으니까."

이럴 때 보면 우리 가족은 역시 신속하다. 자꾸만 실실 웃음이 나오려고 해서 입을 꾹 틀어막는다.

"누나……."

"……."

"누나, 나한테 뭐 섭섭한 거 있어?"

"아니."

"근데 어떻게 나한테 이럴 수 있냐……. 난 누나 없이 살 수 없는데."

"야, 내가 니 애인이냐? 그리고, 우린 어차피 결혼하면 각자 떨어져서 살아야 되는 거야. 네가 지금은 이렇게 말하지만 나중에 결혼해 봐라. 지금 한 말 다 잊어버릴걸?"

"하여간, 지금은 그렇다고."

"나한테 너무 집착하지 마라. 너만 다친다."

"입은 살아 가지고."

"짜식, 누나한테 말하는 것 좀 봐."

"아, 됐어. 어떻게 된 게 반성하는 기색도 없냐. 나, 나간다."

그러고는 등을 홱 돌려버린다. 아주 조금 미안한 마음이 들어 영재를 불러 세운다.

"너, 걔랑은 잘되고 있냐?"

"누난 지금 이 상황에 그런 말이 나와?"

"암튼 궁금해."

"……깨진 지가 언젠데."

"깨졌어? 사귄 지 얼마나 됐다고?"

사랑이 무슨 접시냐. 금방 깨지게. 하여간 요즘 것들은……. 내가 아니라 우리 할머니가 하는 말이다. 할머니도 은근히 영재가 잘되길 바랐었나 보다.

"내가…… 싫어졌대."

영재가 뾰로통하게 대답한다.

"이유가 뭔데?"

"못생겼다고."

영재 얼굴이 처참하게 일그러지는 걸 보니 내 마음도 별로 좋지 않다.

"모르고 시작한 것도 아닐 텐데 새삼스럽게 왜 그런 거래?"

"누나!"

"그러니까 내 말은……."

"아, 됐어, 됐어. 여자들은 다 똑같다니까. 사람을 외모로만 평가하고 말이야."

"외모, 그거 중요한 거다. 너 사람 첫인상이라는 게 얼마나……."

"아, 됐다니까!"

짜식, 왜 나한테 신경질을 낸담. 영재는 방문을 소리 나게 닫고 나가 버린다.

하여간 그 기집애도 웃기는 애다. 어떻게 못생겼다고 사람을 찰 수가 있담. 불쌍한 내 동생……. 여자한테 차여서 당분간 속 꽤나 쓰리겠다.

영재가 나가고 나자 나는 늘어지게 하품을 한다. 어쨌거나 오늘은 무척이나 긴 하루였다. 아마 내 평생 오늘처럼 사건 사고가 많은 날은 다시 없을 것이다. 이불을 목까지 끌어 올려 덮고 눈을 감는다. 잠이나 실컷 자야겠다.

9
참 밝은 달

"헉헉, 아이고……, 숨차서 더 이상은 못하겠다."

그렇게 말하곤 차가운 땅바닥에 주저앉아 버리는 아빠를 한심하다는 듯 바라본다.

"이래 가지고 시험에 붙겠어? 빨리 다시 일어나."

아빠가 그런 내 얼굴을 처량하게 바라본다.

"딱 한 번만 봐줘라."

"안 돼!"

내가 완강하게 고개를 젓자 아빠 할 수 없다는 듯 다시 자리에서 일어난다. 한겨울인데도 반바지에 반팔 차림을 하고 있는 아빠가 조금 불쌍해 보인다.

"날 너무 원망하지 마. 이게 다 아빠를 위해서 그러는 거니까.

자, 준비…… 스타트!"

짧게 스톱워치를 누른다. 아빠가 다시 공원을 돌기 시작하는 걸 보고 나는 느긋하게 벤치에 앉는다. 달리기 연습한 지 벌써 일주일이나 지났는데도 여전히 굼벵이 실력이다. 이러다 아빠가 시험에서 떨어지면 우리 식구 뭐 먹고 사냐. 겨울바람을 맞으며 캄캄한 공원을 도는 아빠를 보고 있자니 약간 안쓰러운 마음이 들었지만 이내 고개를 젓는다. 나라도 마음을 독하게 먹어야 우리 네 식구 손가락 빠는 일이 없을 것 같아서다.

"달려, 달려, 더 빨리! 조동구 파이팅!"

아빠를 독려하기 위해 자리에서 벌떡 일어나 소리친다. 아빠는 숨이 턱까지 차서 겨우 결승점에 도착하고는 그대로 땅바닥에 누워 버린다.

"에이, 21초가 뭐야, 21초가."

"정말 큰일이다."

아빠도 걱정되는 모양이다.

"그러게 진작 담배를 끊었으면 좀 더 빨리 달릴 수 있었잖아. 적어도 100미터를 15초 안에 통과해야 된단 말이야."

"달리기는 포기하면 안 될까? 다른 종목에서 더 잘하면 되잖아."

"그게 말이 된다고 생각해? 경쟁률이 자그마치 9대 1이라고. 아빠처럼 환경미화원 되겠다고 몰려든 사람이 천 명이 넘는단 말이야."

"아이고, 하여간 오늘은 더 못 뛰겠다."

그런 아빠를 보니 내 마음도 약해진다. 하긴 오늘 연습 많이 하긴 했다. 저녁때부터 나와서 이러고 있으니 힘도 다 빠져 버렸을 거다. 나는 말없이 아빠 발목에 매달아 놓은 모래주머니를 풀어 준다. 아빠가 내 손을 잡고 힘겹게 자리에서 일어선다. 집에서 가지고 온 담요로 땀에 젖은 아빠 어깨를 덮어 준다. 우리는 나란히 벤치에 앉아 손톱만 한 초승달을 바라본다.

"달이 참 밝지?"

어라, 우리 아빠 벌써 노안인가? 나는 아빠 얼굴을 빤히 쳐다본다.

"저 정도면 밝은 거야."

자기가 말해 놓고도 좀 아니다 싶었는지 아빠가 서둘러 덧붙인다. 어이없어 피식 웃어 버린다.

"뭐야, 할 말 있으면 어서 해. 괜히 뜸 들이지 말고."

"짜식, 눈치 하난 빠르단 말이야."

그렇게 말해 놓고도 한참을 망설인다. 도대체 무슨 이야길 하려고.

"바로 내일이다."

"······."

"넌 용감하니까."

"나, 안 용감해."

아빠가 입맛을 쩝 다신다. 그러곤 한동안 침묵에 빠져 있다가 다시 말문을 여신다.

"미안하구나……."

"아빠가 왜?"

"그냥, 아빠도 잘 모르겠다. 이렇게 하는 게 정말로 널 위한 것인지……."

"오호, 아빠가 겁을 낼 줄은 몰랐는데?"

"에잇, 이럴 때 보면 나도 나이를 헛먹었단 말씀이야. 나이만 먹으면 저절로 똑똑해질 줄 알았는데……."

아빠가 자기 머리칼을 쥐어뜯으며 괴로워하는 모습을 보자 나도 모르게 웃음이 난다.

"아빠, 다 괜찮을 거야. 어차피 한 번은 겪어야 할 일이었잖아."

그러면서 아빠 어깨를 토닥거려 준다. 아빤 어린애처럼 얼굴을 감싸고 우는 시늉을 하는 중이다.

"적당히 해 둬. 안 어울려."

내 말에 금세 또 자세를 고쳐 앉는다.

"어흠……, 그건 그렇고……. 아빤 네 작은 가슴에 못이 박혀 있는 거 두고 볼 수만은 없다. 그 못, 이번 기회에 빼 버리자."

두 주먹을 불끈 쥐어 보이며 단호한 말투로 호소한다.

"아빠가 몰라서 그렇지 살에 박힌 못 하나 빼기가 얼마나 힘든 줄 알아? 그걸 빼면 피가 날지도 모른단 말이야."

내가 퉁기자 아빤 또 시무룩해진다. 그러곤 한참을 생각에 잠겨 있다. 내가 너무 심했나?

"아무튼 내일이 지나면 넌 잘했다는 생각이 들 거다. 널 낳아 준 분에게 감사하다는 인사를 할 수 있는 기회가 온 거니까. 그런 기회, 아무나 가질 수 있는 게 아니거든."

"몰라, 난 그런 말은 안 할래."

"어쨌거나 중요한 건, 우리 집안에 엄살은 안 통한다는 거다. 알겠냐?"

"응, 그건 알아."

순순히 대답하고 초승달을 쳐다본다. 저 정도 불빛이면 누군가의 밤길을 비쳐 주기에 모자람이 없을까?

"그보다…… 편지는 어때? 역시 어렵지?"

내가 고모 편지 좀 번역해 보라고 건네준 게 언젠데.

"캥거루 목장인가를 하는 모양이더라. 호주엔 캥거루가 많거든. 남편은 키 크고 잘생겼고 아이들은 둘이고."

"그 정돈 나도 알아. 사진만 봐도 알 수 있는걸."

"녀석, 사람 말을 끝까지 들어봐야지. 에, 또…… 뭐라고 써 있었더라. 맞아, 고모는 지금 행복하게 잘 살고 있다는구나. 거, 왜 문장 중간에 베리 해피 라이프라고 적혀 있지 않든? 아무튼 그랬으면 된 거다. 행복하다는데, 더 무슨 말이 필요해."

"답장은 언제 보낼 거야?"

"답장? 보내야지. 그러지 말고 이번 기회에 아예 우리 집에 초대를 할까?"

"오려고 할까? 할머니도 안 계신데."

"그래도 이 아빠가 있잖아. 따지고 보면 우린 남매니까. 혹시 알아? 고모가 캥거루 한 마리 선물로 주실지. 그럼 큰일인데. 마당이 좁아 마땅히 키울 곳도 없고."

아빠 벌써부터 입이 헤벌어져서 하늘을 쳐다보고 웃는다.

"그런데 왜…… 모른 척했어?"

아빠가 뜨끔한 표정으로 정면을 바라본다.

"다 알고 있었으면서 왜 모른 척했냐고. 엄마가 사람 찾아보라고 했을 때……."

내 말에 아빠 생각에 잠긴 듯 한동안 달을 쳐다본다. 별로 밝지도 않은 달을 하염없이 바라보는 아빠. 바보 아닐까?

"나도…… 자세히는 모르거든. 어릴 적에 이모 할머니로부터 잠깐 얘기를 들은 적이 있지만 별로 신경 쓰지 않았으니까. 다 남 얘기인 줄로만 알았지 설마 너희 할머니가……."

아빠 그렇게 말하지만 사실은 귀찮았을 뿐이다. 얼굴도 모르는 누나의 그리움 따위, 신경 쓸 겨를이 없다고 생각했던 거다. 비겁하게.

"고모의 아버지 되는 사람이…… 외갓집에 잠시 머물던 하숙생이었다는구나. 당시 할머니는 그 하숙생의 가장 절친한 친구분과 교제를 하고 있었대. 물론 집안 어른들 모르게 말이다. 문제는 세 사람이 심각한 삼각관계였다는 거지. 그런데 운명의 장난인지 뭔지 할머닌 하숙생과 하룻밤을 함께 보내게 되었대. 남자 친구의 친구와 말이지……. 더 말하지 않아도 대충 알겠지? 아무튼 그렇게 해서 태어난 게 고모라는구나. 할머니와 교제 중이던 그분은 친구와 연인에게서 동시에 배신당했다는 생각에 군에 자원입대를 해 버렸고 고모부의 집안에서는 절대로 할머니를 받아들일 수 없다면서 집안에서 정해 놓은 처자와 강제로 결혼을 시켰다는구나. 아무튼 옛날엔 그런 이상한 일들도 많았다. 그렇게 해서 할머니는 아기와 함께 오갈 데 없는 신세가 되고 말았고."

"뭐야, 생각했던 것보다 훨씬 더 잔인하잖아. 그렇다고 아기를 버리다니."

왠지 화가 나서 뾰로통하게 내뱉는다.

"꼭 그런 것만은 아니다. 사람이 그 처지가 되어 보면, 누구나 다 겁낼 수 있는 거 아니겠냐."

"그건 아빠 생각이고. 적어도 고모가 찾았을 땐 만났어야 하는 거잖아."

"그러게. 그 부분은 나도 내내 마음에 걸렸다. 보육원에서 연락을 받았을 때 할머닌 이미 기억을 몽땅 도둑맞아 버리신 뒤였으니까. 그러니 물어볼 수도 없고."

"하지만 할머닌 이름을 기억하고 있었단 말이야. 나도 들었는걸? 진정애를 찾아야 한다고 하시던 말씀을."

할머니는 돌아가시기 한 달 전부터는 아주 가끔이긴 하지만 정신이 또렷해질 때가 있었다. 언제 그랬냐는 듯 말짱한 얼굴로 엄마를 불러서는 "네가 정애냐?" 하고 묻곤 했다. 당황한 엄마가 정애가 누구냐고 물으면 이내 텅 빈 눈으로 고개를 저으면서 모르겠다고 하시던 기억이 난다.

마음이 답답해진 나는 모래주머니를 양쪽 어깨에 짊어지고 일어선다. 그러자 아빠도 따라서 일어선다. 땀이 식어서 꽤 추울 텐데도 내 앞이라 그런지 잘 참는다.

"할머니도 아빠도, 다들 너무해."

"할머니한테는 고모가 가슴에 박힌 못이 아니었을까? 그래서 함부로 얘기할 수 없었던 것인지도 모르잖아. 못은 건드리면 아프니까."

그건 핑계일 뿐이다. 나는 묵묵히 모래주머니를 짊어지고 앞을 향해 걷는다.

"그건 그렇고, 할머니, 아직 거기 계시냐?"

아빠가 난데없이 내 가슴을 손가락으로 가리킨다.

"엄마는 안 믿어도 난 믿는다. 그렇지 않으면 네가 거기 다녀온 이유가 설명이 안 되잖아. 편지도 그렇고."

"피, 언젠 말도 안 된다더니."

"생각해 보니 세상엔 그보다 이상한 일들도 더 많더라고. 믿고 안 믿고는 순전히 각자의 몫이고. 난 믿는 쪽을 택했다…… 아무튼, 지금도 거기 계시는지 궁금하구나."

"아마도 그럴 거야."

내 말에 아빠 갑자기 걸음을 멈추고 두 손을 앞으로 공손히 모은다.

"그럼, 좀 전해 줄 수 있겠니? 이 불효자를 좀 용서해 달라고."

"전해 줄게."

"그리고…… 이번 시험에 제발 붙게 해 달라는 말도 좀 전해 주고."

"하여간 끝까지 할머니 등에 업혀 가려고 그러지. 인생 그렇게 살면 안 돼요."

"아들이 엄마한테 그런 부탁도 못 하냐? 넌 그냥 전해 주기나 하면 돼."

아빠가 내 머리를 한 대 쥐어박는다. 기분이 살짝 나빠진 나는 짊어지고 있던 모래주머니를 아빠 어깨에 떠넘긴다. 그리고 앞을 향해 전속력으로 달린다.

"할머니가 연습 많이 하래! 그럼 시험 볼 때 도와주겠대."

이건 아빠를 위해서 하는 거짓말이다. 아빤 모래주머니를 짊어진 채 숨을 헉헉거리며 뒤따라온다.

❧

어떤 못은 너무 오래 박혀 있어서 살의 일부처럼 느껴지기도 한다. 그럼 그냥 내버려 두는 게 더 나을지도 모른다. 굳이 건드려서 흉터를 남기고 싶지 않다면 말이다. 제아무리 아픈 못이라고 해도 시간이 지나면 무뎌지게 마련이니까.

나는 컵에 든 레모네이드를 홀짝거리며 창밖을 본다. 결혼식

올리려면 시간도 얼마 없을 텐데 신부가 이러고 앉아 있어도 되나?

"학교에서 몇 번 봤지만…… 정말 키가 크구나."

내 앞에 앉아 있는 여자가 하는 말이다. 선글라스 때문에 시선이 어디를 향하는지 잘 보이지도 않는다.

"나, 그쪽 때문에 나온 거 아니에요. 우리 엄마 아빠가 하도 부탁을 하셔서 할 수 없이 나온 거라고요. 그러니까 할 말 있으면 빨리 하세요."

"보고 싶었단다."

이거 너무 상투적이다. 그래서 좀 지루해지려고 한다. 나는 컵에 남아 있던 레모네이드를 단숨에 꿀꺽 마셔 버린다.

"저기, 나한테 용서를 구하고 홀가분해지고 싶은 거죠? 그래야 앞으로 살면서 맺힌 게 없을 테니까요. 그 맘 이해해요. 근데 난 그쪽 원망 안 해요. 오히려 감사하죠. 그쪽이 아니었다면 우리 엄마 아빠 같은 분을 어떻게 만날 수 있었겠어요? 그러니까 나한테 죄책감 갖지 마요."

"그땐……."

그러면서 테이블 위에 놓여 있던 담뱃갑에서 담배를 꺼내 입에 문다. 금세 뿌연 담배 연기가 내 앞을 가린다. 여자가 천천히 담배 연기를 내뱉고 있는 동안 난 마음을 진정시키려 애쓰는 중이다. 그리고 속으로 엄청 놀라는 중이다. 이런 모양새라면, 정말로 길에서 부딪쳤어도 몰라봤을 거다. 어렴풋하긴 하지만 그땐 훨씬 젊었던 것 같은데.

"그땐 내 영혼에 병이 들어 있었단다……. 그래서 나도, 그리고 너도 힘들게 했어."

여자가 길쭉한 검지손가락으로 담배를 툭 치자 그 끝에 매달려 있던 회색빛 재가 재떨이로 힘없이 떨어져 내린다. 나는 창밖으로 시선을 돌린다. 잎을 다 떨군 앙상한 가로수들이 맨살을 드러내 놓고 서 있는 게 보인다. 저러고 한겨울을 나려면 엄청 추울 것 같다.

"변명 같겠지만 네가 태어났을 때 난 겨우 열일곱 살이었어. 솔직히 난 겁이 났었지. 그래서 나 자신을 학대하고 널 방치한 거야. 그렇다고 널 사랑하지 않은 건 아니었어. 하지만 어떻게 사랑을 줘야 하는 건지 도무지 방법을 알 수가 없었던 것뿐이야."

사랑하는 법을 몰랐다면 사랑하지 않으면 그만이다. 그랬더라면 적어도 어린 딸이 보는 앞에서 자기 손목에 칼을 긋고 그것 때문에 한밤중에 구급차에 실려 가는 일은 없었을 테니까. 누군가 내 앞에서 죽으려고 발버둥 치는 모습을 본다는 게 얼마나 끔찍한지 당해 보지 않은 사람은 모를 거다. 정말이지 최악이다. 다른 어떤 말로든, 설명할 수 없을 만큼.

나는 꿀꺽 마른침을 삼킨다. 생선 가시가 박혀 있는 것처럼 자꾸만 목이 아프다. 솔직히 난 다 잊은 줄 알았다. 지금까지 보육원 이전의 내 생활을 떠올려 본 적은 없으니까. 그것들은 깨진 거울 조각들처럼 내 기억 저편 어딘가에 아프게 박혀 있다가 그것을 비춰 줄 사람이 나타나자 이렇게 불쑥 조각난 영상들을 띄워 올리는 것이다.

"난 정말 아무것도 몰랐으니까. 아무것도…… 나 자신을 어떻게 추슬러야 하는지조차 몰랐단다."

"그럼 난 뭘 알았게요? 나야말로 아무것도 모르는 어린애였다고요."

나도 모르게 목소리가 높아진다. 가슴속에서 사나운 벌레 한 마리가 막 꿈틀거리는 것 같다.

"그건 그렇다치고, 자식까지 버린 사람이 꼭 이렇게 공개적으로 결혼식을 올려야 되는 거예요? 나 같으면 아무도 모르게 혼자 살든가 정 결혼이 하고 싶으면 어디 딴 나라 가서 하겠어요."

"실은 나도 그러려고 했어. 하지만 나를 새로 태어나게 만들어 준 사람의 부탁이라 거절하기가 힘들더구나."

"세상 참 편하게 사시는군요."

"너한테 미안하다는 말은 하지 않을 거야. 그 말을 해서 조금이라도 내 마음이 편해지는 것은 원치 않으니까. 죽을 때까지 너한테 미안해하면서 살고 싶어. 그것조차 하지 않으려고 한다면 내가 너무 나쁜 사람 같잖아."

"그럼 대체 왜 만나자고 했어요? 사람 바빠 죽겠는데."

"그냥…… 욕심인 줄은 알지만, 한 번이라도 보고 싶었어. 널 보지 않고 한국을 떠나면 너무 후회할 것 같아서. 다시는, 후회하면서 살지 않으려고."

그러면서 고개를 옆으로 돌려 벽에 붙은 시계를 보는 폼이 많이 늦은 모양이다.

"됐어요. 그만하세요. 암튼 서로 죽지 않고 살아 있다는 거 확인했으니까. 실은 나도 아주 궁금하지 않았던 건 아니거든요. 그런데 이제 결혼도 하고…… 어쨌든 옛날보다 나빠 보이진 않아 다행이에요. 그러니 이제 그만 가세요. 결혼식 늦겠어요."

그렇게 말하고 자리에서 일어난다.

"가끔…… 편지해도 되겠니? 물론 어려운 부탁인 줄은 알지만."

"그거 알아요? 어떤 사람들은 존재하는 것만으로도 서로에게 상처가 될 수 있다는 거. 우리가 바로 그런 사람들이죠. 하지만 난 그런 상처를 안고도 얼마든지 웃으면서 살 수 있어요. 그러니 나한테 너무 애쓰지 마요. 꼭 보내고 싶다면 말리진 않겠지만 답장 같은 거 기대하지 마시고요. 그럼, 먼저 갈게요."

등을 돌려 카페를 나온다. 이것으로 내 임무는 끝이다. 속이 엄청 후련할 줄 알았는데 꼭 그렇지만은 않다는 게 흠이지만.

"은재야!"

어라, 엄마다. 이번엔 진짜 내 엄마다. 그러니까 가짜 엄만 방금 카페에서 만났던 그 아줌마고 카페 앞에서 날 기다리고 서 있는 이 엄마는 진짜 엄마다. 이제야 정리가 되는 것 같다.

얼마나 오래 기다렸는지 엄마 얼굴이 빨갛게 얼었다. 추우면 들어와서 기다리면 될 것이지, 바보같이 이게 뭐야. 눈물이 핑 돈다.

"춥지? 우리 어디 가서 따끈따끈한 어묵 국물이나 먹을까?"

하여간 짠순이다. 겨우 한 개에 오백 원짜리 어묵 사 주려고 여기까지 나왔냐. 그래도 엄마 손을 꼭 잡고 걷는다. 어째 갈수록 우리 엄마 키가 줄어드는 것 같다. 아니면 내가 큰 건가?

"왜 나왔어, 추운데. 내가 뭐 어린앤 줄 알아?"

"너, 아직 어린애야. 그러니까 가출이나 하지."

"아, 다 지난 일은 왜 또 들먹이는 건데?"

"미안한 줄은 아니?"

"아유, 됐어. 내가 엄마랑 무슨 말을⋯⋯."

말도 다 끝내지 못했는데 나도 모르게 눈에서 눈물이 주르륵 흘러내린다. 이거 예상에 없던 시나리오다.

"그래⋯⋯, 아플 땐 큰 소리로 우는 거야. 울어야 아픈 줄 알지."

엄마 말대로 난 아직도 어린앤가 보다. 별로 아프지도 않은데 엄마한테 어리광 부리고 싶어 하는 걸 보면.

"난 네가 너무 울지 않아서 걱정했단다. 어릴 때부터 넌 웬만큼 아프지 않으면 아프다는 말도 하지 않았으니까. 그래서 아픈지도 모르고 널 학교에 보냈다가 네가 쓰러진 적도 있었잖니. 그때 엄마 마음이 얼마나 막막했는지 알아? 가끔은 널 사랑하는 사람들을 위해서라도 울 줄 알아야 하는 거야."

나는 목이 터져라 큰 소리로 운다. 지나가는 사람들이 힐끔거리는데도 눈물을 멈출 생각을 하지 않는다. 내가 처음 태어났을 때를 제외하면 아마 내 평생 이렇게 큰 소리로 많이 울어 본 적은 없을 것 같다.

내 가슴속 아주 깊은 곳에 숨겨져 있던 샘물 하나가 터진 것처럼 눈물이 쉴 새 없이 흘러나온다. 이렇게나 많은 물이 내 속에서 출렁이고 있었다니, 내가 가끔씩 중심을 잃고 기우뚱거린 것도 다 그래서였나 보다.

이 물을 다 비우고 나면 언젠간 또 물이 차오를지 모른다. 그럼 그때 가서 또 울면 되니까 걱정할 건 없다. 그렇게 생각하고 나자 더 이상 우는 게 부끄럽지 않다.

"자, 코 좀 풀어. 그리고 울고 싶으면 또 울어."

엄마가 손수건으로 내 코를 감싸 쥔다. 나는 어린애처럼 팽 하고 코를 푼 다음 또다시 훌쩍거린다. 엄만 코 묻은 손수건으로 자기가 흘린 눈물을 닦는다. 지저분하게시리. 한참을 울다 보니 대체 내가 뭣 때문에 그렇게 큰 소리로 울었는지 모르겠다. 그냥 나도 모르게 주체할 수 없이 눈물이 쏟아져 나왔던 것뿐이다.

"엄마는 왜 울어?"

코맹맹이 소리로 내가 묻자 엄마가 머쓱한지 자기 옷소매로 얼른 눈물을 훔쳐 낸다.

"네가 우니까 괜히 울고 싶어지잖아."

"참 나, 따라할 게 그렇게 없냐."

"야, 내가 네 친구니? 너 고등학교 들어가면 엄마한테 그 말버릇부터 좀 고쳐. 알겠어?"

208

괜히 할 말 없으니까 저러신다. 마침 버스 정류장 옆에 서 있는 포장마차가 보여서 우리는 단숨에 거기까지 뛰어간다.

"오늘은 엄마가 쏠 테니까 마음껏 먹어 둬. 나중에 후회하지 말고."

그래 봤자 어묵 한 개에 천 원도 아니고 겨우 오백 원일 뿐이다. 생색내기는. 엄마가 종이컵에 국물을 따르는 것을 보고 나도 얼른 꼬치 한 개를 집어든다. 한 입 베어 먹으니 입안 가득 따뜻한 기운이 퍼져서 얼었던 내 마음이 다 녹는 것 같다. 겨우 오백 원밖에 하지 않는 어묵 하나가 이렇게 사람 마음을 따뜻하게 감싸 안을 수 있다니, 솔직히 감동적이다. 나는 엄마가 따라 준 어묵 국물을 후후 불어 마시며 생각한다.

누구든 어른이 된다고. 원하든 원치 않든. 그건 어떤 사람들에겐 평생 맞지 않는 옷을 입은 것처럼 거추장스러운 것일지도 모른다. 그렇게 생각하자 커다란 옷 속에 자기 자신을 집어넣고 어쩔 줄 몰라 허둥대는 한 여자의 얼굴이 떠오른다. 그 얼굴은 어쩐지 나와 너무도 닮아 있다.

"정말…… 좋은 사람이지?"

어묵을 다 먹고 집으로 오는 길에 엄마가 슬쩍 묻는다. 난 나보다 훨씬 키가 작은 엄마 얼굴을 물끄러미 내려다본다. 울어서 눈이 퉁퉁 부어 있긴 하지만 언제 봐도 예쁘다.

"엄마……."

"으응?"

"……고마워."

"기집애 뜬금없이……."

"아, 춥다. ……하여간 그분, 살아 있어서 다행이야."

그제야 엄마는 참았던 숨을 토해 내며 고개를 끄덕거린다. 하여간 어른이 된다는 건, 정말 피곤한 일인 것 같다. 언제나 무슨 일인가로 저렇게 마음을 졸이며 살아야 하다니. 새삼 엄마가 안됐다는 생각이 든다.

집 앞 골목길에 들어서자마자 찬바람이 내 뺨을 할퀴고 지나간다. 나는 엄마 옆에 몸을 바짝 붙이고 서서 바람이 내 살갗을 스쳐 가는 걸 느끼려고 입을 다문다. 해 질 무렵의 좁은 골목길을 걷고 있으려니, 온 세상이 우릴 위해서 침묵하고 있는 것 같은 착각이 든다.

문득 고개를 돌려 내가 걸어온 길을 돌아다본다. 바로 거기, 내 열여섯의 생이 저무는 곳에, 가로등이 깜박거리며 빛을 내뿜기 시작했다. 나는 조심스레 앞으로 한 발을 내딛는다. 저 앞에는 또 다른 일들이 나를 기다리고 있는 것이다.

❧

"짜자잔, 오늘은 치킨 파티가 있겠습니다!"

우리 홍 여사가 모처럼 활짝 웃는다. 아빠 신속하게 전화번호부를 뒤적이고 있고 영재는 벌써 밥상을 갖다 놓고 그 위를 행주로 열심히 닦는다. 너무 닦아서 닭이 미끄러지게 생겼다.

"에, 후라이드 반 양념 반 골고루 섞어서 갖다 주시구요. 아, 무 좀 많이 갖다 줘요. 그 집 무가 아삭아삭하니 맛있더구먼. 여기가 어디냐고……. 아, 이 양반아. 단골손님 주소도 몰라?"

참 나, 딱 두 번 시켜 먹은 걸 가지고 단골이라고 우기냐.

"지난번처럼 전화 몇 번씩 걸게 하지 말고 빨리 좀 갖다 주시고요."

그렇게 해서 우리 가족이 모처럼 다시 모여 앉았다.

"그나저나 이제 여기서 시켜 먹는 닭도 마지막이겠구먼."

"그러게요. 이 집 닭이 참 맛있는데."

대체 무슨 얘기람. 밑도 끝도 없이. 내가 놀라서 쳐다보자 아빠가 이사 얘기를 꺼내신다.

"말도 안 돼! 그렇게나 빨리?"

"많이 늦은 거야. 그나마 그쪽 동네에 마침 전셋집이 있었기에 망정이지 하마터면 우리 길거리에 나앉을 뻔했다."

"그래도 아직 졸업식도 안 했는데?"

"가려면 하루빨리 가는 게 낫지. 너희들도 거기서 학교 다니려면 동선도 새로 익혀야 하니까."

때마침 초인종이 울리는 바람에 대화가 끊긴다. 영재가 문을 열어 주자 한세영네 아빠가 신속하게 닭을 내려놓는다.

"이게 저희 집 마지막 닭입니다. 기념으로 절임 무 세 개 넣어

드렸어요."

"아이구, 이거 고마워서 어떡하죠? 그나저나 어디로……."

"네, 저희는 봉천동으로 갑니다. 거기서 작은 포장마차나 하나 하려고요."

"아이쿠, 그것 참 잘됐군요. 저희도 그리로 이사 갑니다."

"앗, 정말입니까? 이거 정말 잘됐는데요. 안 그래도 우리 세영이가 친구를 못 사귀면 어쩌나 걱정했는데."

"그러게나 말입니다. 우리 은재한테도 잘된 일이지요. 아무래도 아는 얼굴이 하나쯤 있으면 저희도 든든할 테고."

두 사람 언제부터 친했다고 저렇게 할 말이 많담. 그나저나 그 원수를 봉천동에서 다시 만나게 되다니. 악연은 악연이다.

"그럼, 안녕히 계십시오."

"네, 튀겨 주신 닭은 잘 먹겠습니다."

아빠가 자리에 와서 앉자마자 엄마가 상자를 연다. 노릇노릇한 게 참 맛있게 생겼다. 우리는 빠르고 신속하게 영양만점 닭고기를 집어 먹는다.

10
회중시계의 비밀

아빠가 환경미화원 시험에 합격하고 나서 근무지를 배정받기까지의 약 한 달 동안 우리 가족이 한 일이라곤 고모에게 편지를 쓰고 답장이 오기를 기다린 것뿐이다. 고모는 기다렸다는 듯 초청에 응한다는 답장을 보내왔다. 답장을 받고 나서 아빠는 좀 당황한 것 같았다. 예의상 그냥 해 본 말인데 진짜 온다고 할 줄은 몰랐단다. 사람이 어쩜 그러냐.

우린 고모가 오기 전부터 일주일간 대청소를 했다. 그러느라 아주 온 힘을 다 써 버렸다. 코딱지만 한 집이라고는 해도 구석구석 닦고 털어 낼 먼지가 어쩌면 그렇게나 많은지. 그동안 우리가 그 많은 먼지 속에서 살아왔다는 게 믿어지지 않을 정도다.

"아, 새삼스럽게 무슨 청소를 해? 자연스러운 게 좋은 거지. 그냥 있는 그대로 보여 줘야 하는 거라고."

말은 그렇게 했지만 일단 청소가 시작되자 아빠도 열심이다. 마당의 잡초를 제거하고 뒷마당에 굴러다니던 캔과 유리병을 밖에 내다 버리는 틈틈이 영어 회화 공부를 한다.

청소를 마치자 집은 완전히 새집 같다. 그동안 우리가 살던 집이 원래 이렇게 깨끗한 집이었다는 사실조차 잊고 살았던 거다.

"이렇게 치워 놓고 보니 이사 가기가 더욱 싫은데?"

엄마는 두 손을 허리에 짚고 눈을 찡긋거리며 투정을 부린다.

"그러게 말이야, 여기에 우리 집안의 역사가 다 들어 있는데."

아빤 엄마 옆에서 팔짱을 끼고 선 채 진지한 얼굴이다. 실은 나 역시 이 집이 좋다. 나와 영재가 처음으로 편하게 웃을 수 있었던 곳이니까. 그리고 무엇보다도, 여기서 우린 오랜 세월을 할머니와 함께 살았다. 그래서 난 곧 있으면 이 집을 떠나야 한다는 말을 할머니께 해 주었다. 할머닌 어린애처럼 화가 나서 아무 말도 하지 않았다. 인생의 절반을 여기서 사셨으니 떠난다는 사실을 받아들이기 힘들 수밖에.

＊

고모는 내 졸업식이 끝난 다음 날 한국에 도착했다. 실로 감탄할 만한 실행력이라고, 아빠가 말했다. 그렇게 말하는 걸 보면 아빠는 그때까지도 고모가 정말로 여기 오게 될지 믿지 못했던 것같다.

고모는 사진 속 얼굴보다는 좀 더 살이 쪘고 키도 작다. 머리는 염색을 해서 노랗고 항상 두 갈래로 땋고 다닌다. 나이도 먹을 만큼 잡수신 어른이 배꼽에 피어싱을 두 개나 하고 있어서 조금 놀랐다. 오른쪽 손목에는 조그만 태극 문양 타투가 그려져 있다. 나중에 알게 된 사실이지만 때마침 고모는 아시아 여행을 계획 중에 있었다고 한다. 고모는 1년 내내 배낭여행을 즐기는 사람이고 이혼한 경력이 있다. 편지와 함께 들어 있던 사진 속 인물들은 고모의 남동생이고 두 아이들 역시 고모의 조카들이었다.

"나의 동생과 그 가족입니다."

한국어를 제법 잘하는 고모가 말해 줘서 그 사람들에 대해 대강 알게 되었다. 실은 별로 궁금하지도 않았는데 말이다. 하지만 고모랑 별로 할 말도 없고 해서 우리는 고모의 얘기를 듣고만 있을 수밖에 없었다. 고모가 말을 멈추면, 갑자기 실내에 침묵이 흘렀다. 그때의 서먹함이란 한마디로 장난 아니다. 엄마 아빠 모두 머릿속에서 할 말을 찾기 위해 진땀을 흘리는 모습이 딱해 보일 지경이다. 이래서 먼 친척보다는 가까운 이웃이 낫다고 하나 보다.

"편하게 생각해 줘요. 우린 가족이잖아요."

엄마는 그렇게 말했지만 솔직히 말해 고모와 우리가 가족이라는 생각은 별로 들지 않았다. 고모 역시 우리와 함께 있는 시간이 그리 편하지만은 않았나 보다. 원래 2박 3일이던 일정을 하루 앞당겨서 내일 출발한다고 말했으니까. 엄마는 고모의 의사를 존중한다는 듯 고개를 끄덕였지만 내심으론 안도하는 기색이 역력했다. 그럴 때 보면 우리 엄마는 사람이 참 가식적인 것 같다.

하지만 1박 2일은 길다면 길고 짧다면 짧은 일정이다. 고모가 온 지 벌써 아홉 시간이나 지났으니 말이다. 나는 고모가 떠나기 전에 상자를 주려고 내 방 침대 밑에 넣어 둔 그것을 가지고 나왔다.

"이것을, 정말, 내가 열어 봐도 되겠습니까?"

새삼 고모가 대단해 보인다. 나라면 3년 아니라 평생을 공부해도 다른 나라 언어로는 말하지 못할 텐데. 하여간 고모가 우리말을 할 줄 알아서 얼마나 다행인지 모른다.

"이건 어머님 물건이니까 당연히 고모가 열어 봐야 한다고 생각해요."

엄마는 작고 볼품없는 상자를 조용히 고모 앞으로 밀어 놓는다. 그걸 받아 든 고모의 얼굴이 묘하게 일그러진다. 웃는 것도 아니고 우는 것도 아닌 이상한 표정이다. 아빠는 한쪽 다리를 괴고 앉아 허공을 쳐다보며 코털을 뽑는다. 분위기가 서먹하거나 어색할 때면 항상 저런다. 지저분하게시리.

"마미의 물건……"

침묵 속에서, 고모가 상자의 뚜껑을 연다. 그 속에는 타원형으로 길쭉한 플라스틱 통과 작은 상자가 함께 들어 있다. 고모가 먼저 플라스틱 통의 뚜껑을 연다.

"앗."

고모의 숨죽인 목소리다.

"탯줄이군요."

나지막한 엄마의 목소리.

"뭐야, 아주 조그맣잖아?"

영재와 내가 거의 동시에 내뱉는다. 아빠도 코털을 뽑던 손가락을 바지 자락에 쓰윽 문지르고 나서 목을 쭉 빼고 쳐다본다.

"그래도 이건 할머니 살에서 떨어져 나온 거란다."

엄마는 탯줄이 작아서 미안하게 됐다는 듯 조용히 중얼거린다. 탯줄이라고 해서 굵은 동아줄 따위를 연상한 건 아니지만 솔직히 이 정도로 볼품없는 물건인 줄은 몰랐다. 고모는 그것이 시작된 곳으로부터 너무도 멀리 떨어진 채 까맣게 말라비틀어져 있는 탯줄을 손으로 만져 본다. 사실 내 눈에 그건 그냥 아무것도 아닌 것처럼 보였다.

"이게 바로 엄마와 아기를 이어 주는 끈이었단 말이야?"

"그렇단다. 잘 봐, 아주 질기게 생기지 않았니?"

"피, 질기면 뭘 해? 결국엔 그걸 끊어 버리는 것도 인간의 의지인데……."

아차, 싶어 고모의 눈치를 살핀다. 고모는 내 말을 못 들었는지 진지한 얼굴로 자기 손바닥 위에 놓인 탯줄을 들여다본다. 그러는 동안 나는 속으로 가만히 탯줄, 이라고 발음해 본다. 공연히 배꼽이 근질거리는 것 같다.

"하지만, 이것을 끊어 버리지 않으면, 엄마도 아기도 살 수 없답니다."

고모가, 마치 자기 자신을 위로하듯, 또박또박 중얼거린다. 그러고는 옆에 앉아 있던 나를 향해 빙긋이 웃는다. 마치, 그렇지? 하고 내게 동의를 구하려는 것처럼. 얼떨결에 나도 따라 웃는다. 처음 만났을 때부터 느낀 건데 고모한테서는 이상한 냄새가 난다. 땀에 전 살에서 나는 들쩍지근한 냄새. 처음엔 샤워를 안 해서 그런가 하고 생각했는데 이제 보니 그게 아니다. 그 이상한 냄새란 바로 우리 할머니 냄새인 거다. 할머니의 젖 냄새. 영재는 그게 외국 여자의 냄새라고 했지만.

고모는 탯줄을 도로 집어넣고 얕은 한숨을 내쉬었다. 그런 다음 옆에 있던 작은 상자의 뚜껑을 열었다. 그 속에 든 물건을 꺼내 든 고모의 얼굴이 한순간 반짝 빛을 발한다. 금줄이 달려 있는 오래된 회중시계다. 한눈에 봐도 보통 물건이 아니다. 엄마는 금방이라도 고모의 손에서 그것을 빼앗아 들고 이빨로 살짝 깨물어 보고 싶은 얼굴이다. 약간 빛이 바래긴 했지만 샛노란 것이 순금이 아니면 저런 빛깔을 띠고 있을 리가 없지.

"시계입니다!"

고모가 이번에야말로 약간 동요하는 얼굴로 우리를 보며 외친다. 우리 모두 한꺼번에 고개를 가운데로 디미는 통에 고모가 움찔 놀란다.

"한 사람씩, 돌아가면서, 보기로 합니다."

고모의 제안에 모두 다 고개를 끄덕거린다. 그제야 고모는 시계를 찬찬히 들여다본다. 우리야 그냥 목을 빼고 기다리는 수밖에.

"시간이, 멈추어 버렸습니다."

당연한 거 아냐? 몇십 년 전 물건인데. 그런데도 고모는 과자를 빼앗긴 아이처럼 슬픈 얼굴로 중얼거린다.

"이것은, 마미의 시간입니다……."

할머니의…… 시간이라고? 나는 무언가를 알 것 같기도 하고 모를 것 같기도 한 심정으로 고모를 쳐다본다.

"어째서 멈추었을까요? 나는 그것이 궁금합니다."

고모의 시선이 아빠를 향한다. 동생한테는 존댓말 쓰는 거 아니라고 가르쳐 주었는데도 소용없다. 아빠는 고모의 질문에 당황한 듯 한참을 어리둥절한 표정으로 앉아 있더니 이내 자신 없게 중얼거린다.

"그야, 약이 다 떨어졌으니까…… 너무 오래돼서 고장이 난 것일 수도 있고……."

"저기 골목길 앞 금은방에 가면 쉽게 고칠 수 있을 거예요."

엄마가 아빠를 거든답시고 큰 소리로 말한다. 두 사람 다 고모가 소리 내어 울기라도 할까 봐 겁을 내는 표정이다.

"나는 잘, 모르겠습니다. 이 시간이 무엇을 감추고 있을까요? 그리고 나는 왜 이곳에 앉아 있나요?"

정말로 모르겠다는 얼굴로 고모가 우리 얼굴을 하나씩 번갈아 바라본다. 그제야 내가 엄마에게 눈치를 준다. 엄만 자기 말이 뭐 틀렸냐고 묻는 사람처럼 눈을 크게 뜨고 나를 쳐다본다. 하긴, 엄마 말이 틀린 건 아니다. 저런 구식 시계쯤은 금은방에 가면 얼마든지 고칠 수 있을 테니까.

하지만 고모가 궁금해하는 건 그게 아니다. 고모는 지금 혼란스러운 것이다. 그건 방금 전 고모가 지었던 표정을 보면 알 수 있다. 사실 이곳에 도착한 바로 그 순간부터, 고모의 눈은 다른 곳을 보는 것 같았다. 이 세상에서 자기 자신을 증명해 줄 유일한 단 한 사람, 우리 할머니가 이 자리에 없기 때문일까? 갑자기 맥이 탁 풀려 버린 사람처럼 초점 없는 눈으로 먼 데만 바라보는 고모. 마치 또 하나의 커다란 수수께끼 앞에서 망연자실한 것처럼…….

어느 틈에 시계는 내 손에 들어와 있다. 금속성의 차가운 느낌이 손바닥에 짜릿하게 전해져 온다. 누군가의 찬란했던 시간을 고스란히 덮어 두기 위해 달려 있는 듯한 견고한 뚜껑. 뒤엉킨 가지와 꽃봉오리들이 섬세하게 조각되어 있는 표면을 매만지자 이상하게도 심장이 마구 뛴다. 뭐야, 이건 마치 살아 있는 것 같잖아? 하고 속으로 생각한다. 가운데 조그맣게 튀어나와 있는 부분을 누르자 튕겨 오르듯 뚜껑이 열리고 오랫동안 유폐되어 있던 과거의 시간이 현재와 대면한다. 시곗바늘의 초침이 어느 한끝을 향해 미세하게 떨리는 순간, 엄마가 내 손에서 시계를 홱 낚아채 간다.

"어머나……, 왜 이렇게 무겁지?"

얼랄라. 웬 내숭이래.

엄마가 은근한 눈빛으로 아빠를 본다. 아빠는 동의의 표시로 눈을 깜빡거린다. 어쩜 저렇게 죽이 잘 맞는지. 하여간 천생연분이라는 데 이견이 없다. 엄마는 시계를 가까이 들여다보는 척하면서 아주 날쌘 동작으로 시곗줄을 깨물어 본다. 정말이지 눈 깜짝할 사이다.

"어때······?"

"음, 틀림없어요."

무슨 대단한 걸 발견했다는 듯 엄마가 입을 굳게 다물고 고개를 끄덕거린다.

"요새 시세가 얼마더라······?"

코털을 잡아 뽑는 아빠.

"팔기에는 지금이 딱 좋긴 하죠······."

뭔가 아쉽다는 듯한 엄마다.

"그런가, 쩝."

아빠가 못 먹는 감 찔러 보는 심정으로 시계를 만지려는 순간, 엄마가 도로 시계를 가져가며 소리친다.

"어머, 그런데 여기 무슨 문구가 적혀 있는데요?"

엄마가 회중시계의 뒷면을 가리키자 이번에는 아빠가 재빨리 시계를 빼앗아 든다.

"'그대에게 내 청춘을 바치노라'······. 크아, 멋진 문구로구먼! 근데 JS는 뭐지?"

어휴, 그것도 모르시나. JS는 시계 주인공의 이니셜일 거다. 고모의 아버지일지도 모르는 사람의. 그러면서 아빤 뭐가 멋지다는 거야? 좀 더 그럴듯한 말이 적혀 있지 않을까 기대했는데. 완전 실망이다. 아무런 실속도 없는 저런 문구를 새겨 놓고 도대체 어쩌자는 건지. 그래 놓고도 저 문구의 주인공은 자신이 멋지다고 생각했겠지? 어른들은 정말로 한심하다. 아무래도 고모만 불쌍하게 됐다.

마침내 시계가 고모에게 되돌아가고, 할머니의 상자가 다시 닫힌다. 고모는 그만 쉬고 싶다면서 상자를 들고 내 방으로 향한다. 해결하지 못한 무수한 질문들을 가슴에 안은 채로 말이다. 그런 고모를 보고 있자니 내 마음까지 다 가라앉는 것 같다.

그렇게 해서 거실에 우리 네 사람만 남았다. 엄만 방문이 닫히는 걸 확인하고 나서는 아빠를 향해 속삭이기 시작한다.

"아무래도 좀 충격을 받지 않았을까요? 겨우 시계라니……."

"그게 무슨 말이야?"

"나, 실은 되게 궁금했거든요. 그 속에 뭐가 들었을까 하고."

"그래서 봤으면 됐잖아."

"아니, 내 말은 그러니까…… 왜 그런 거 있잖아요. 고모 앞으로 남겨둔 땅문서 같은 거."

맙소사, 엄마도 은혜랑 똑같은 생각을 하고 있었다니. 우리 엄마 정신연령은 도대체 어디까지 내려가는 거냐.

"참, 당신도……."

"그래도 시계는 너무했어요. 틀림없이 실망했을 거야."

"사람이 다 당신 같은 줄 알아? 요즘 세상이 말이야, 너무나 물질적인 것에만 집착하고 있어. 정신적인 숭고함 같은 건 따져 보지도 않는다 이 말이지…….”

어째 대화가 이상한 쪽으로 흐른다. 아빠는 간만에 잘난 척하
느라 고모가 방문을 열고 뛰쳐나온 줄도 모른다.

“이상합니다, 시계가 이상해요!”

짧은 반바지 차림의 고모가 갑자기 시계를 들고 뛰쳐나오며
외치는 소리다.

“무슨 일인데 그래요?”

엄마는 금세 상냥한 얼굴이 되어 고모를 향해 묻는다.

“이것을 보세요. 움직였습니다.”

고모가 회중시계의 뚜껑을 열고 시곗바늘을 가리킨다.

“뭐가 움직였다는 건지……. 그대론데…….”

“노! 노! 아닙니다. 그대로 아닙니다. 여기 있었던 바늘이 어느
새 여기 와 있습니다!”

고모는 시곗바늘의 분침과 시침을 손가락으로 가리키며 뭔가
를 강하게 호소한다. 고모 말대로라면 여덟 시 사십오 분에 멈춰
있던 시곗바늘이 어느새 아홉 시를 가리키고 있다는 거다.

“당신 아까 시간 확인해 봤어?”

의심 많은 아빠가 엄마를 다그친다. 엄마는 자신 없게 고개를
젓는다.

“아니요, 그건 미처…….”

하긴 엄마의 관심은 온통 저 시계가 금이냐 아니냐에만 있었으
니 그럴 겨를이 없었겠지. 내가 영재를 쳐다보자 영재도 고개를

흔든다. 우리 중에 시간을 확인해 본 사람은 고모 한 사람뿐이다.

"그러니까 고모 말은 시간이 되살아나기라도 했다는 건가요?"

엄마 말에 고모가 빠른 속도로 고개를 끄덕거린다. 완전히 확신에 찬 얼굴로.

순간, 무슨 생각에선지 엄마 아빠가 동시에 거실 벽에 걸린 시계를 올려다본다. 나와 영재, 그리고 고모까지도 무언가에 홀린 듯 고개를 쳐든다.

아홉 시. 벽시계의 시곗바늘이 가리키고 있는 시각은 정확히 아홉 시다. 회중시계의 시곗바늘과 일치하는 것이다. 엄마 말대로 시간이 되살아나기라도 한 것일까?

"에이, 말도 안 돼. 그냥 우연의 일치겠지, 뭐."

아빠가 또다시 코털을 매만지며 딴청이다.

"그래요, 어떻게 그런 일이 있을 수 있어요. 그냥 처음부터 이 시계는 아홉 시였던 거야. 그렇죠?"

엄마도 별일 아니라는 듯 그렇게 말한다. 고모 혼자서만 회중시계와 벽시계를 번갈아 보며 무언가를 생각하는 눈치다.

'혹시 할머니가……?'

문득 그런 생각이 들어 할머니께 살짝 물어본다. 할머닌 모르는 일이라며 펄쩍 뛰신다. 참 내, 그냥 아니라고 하면 될 것을 왜 그렇게 놀라나. 하여간 할머니도 아니다. 그렇다면 대체 무엇이 시간을 움직인 걸까? 나는 우리 집 거실을 한번 획 둘러본다. 갑자기 우리 식구가 세상으로부터 떨어져 나와 이상한 곳에 와 있는 것 같다는 느낌이 들어서.

"고모가 잘못 보신 거예요. 한 시간 뒤에 확인해 보자고요. 그럼 정말 시계가 움직였는지 알 수 있을 테니까."

엄마가 모처럼 기발한 생각을 내놓는다. 엄마 말대로 회중시계가 살아 있다면 한 시간 뒤에는 열 시가 되어 있을 것이다. 모두들 엄마의 의견에 찬성하는 분위기다. 아빠만 빼고.

"그렇지만 말이야, 시계가 고장 난 게 아니라면?"

아빠의 생뚱맞은 목소리.

"그러니까 내 말은 이 시계가 처음부터 잘 돌아가고 있었던 것일 수도 있다는……."

"노! 그것은 틀렸습니다. 고장 난 것이 맞습니다. 지금 이 시계는 아홉 시입니다. 저 큰 시계는 지금 아홉 시 오 분."

고모 말에도 일리가 있다. 회중시계가 고장난 게 아니라면 지금은 아홉 시 오 분을 가리키고 있어야 된다. 하지만 고모가 들고 있는 회중시계는 여전히 아홉 시에 머물러 있는 것이다.

"그러니까 더 이상하다는 거지. 이건 처음부터 그냥 아홉 시였던 거야."

"오우, 노, 노……. 거짓말, 아닙니다. 이 회중시계는 여덟 시 사십 오 분에 멈춰 있었습니다."

고모는 괴로운 표정이 되어 한동안은 영어로 뭐라고 막 중얼거린다. 대체 뭐라는 건지. 갑자기 영어가 튀어나오니까 못 알아듣는 우리만 바보가 된 것 같다.

"너무 피곤해서 잘못 본 걸 거예요. 아직 시차도 적응이 안 됐을 텐데."

엄마가 고모를 위로해 본다. 하지만 고모는 연신 고개를 흔들며 시계만 들여다본다. 마치 혼자만 진실을 알게 되어 두렵다는 듯이. 그런 고모를 보고 있자니 내 기분도 이상해진다. 실은 아까부터 그랬다. 눈에 보이지 않게 우리가 앉아 있는 공간이 마구 뒤엉키고 있는 것 같다는 생각이 든다. 나 혼자만의 생각일까? 이전과는 전혀 다른 세상으로 한없이 빨려 들어가는 것만 같은 이 기분……. 맞다, 우리는 지금 혼돈 속으로 빠져들고 있는 거다. 내 예지력이 아직까지도 유효하다면 말이다.

그렇다면 대체 어디로 가는 걸까?

깊은 밤이다. 세상은 고요하다. 아니, 우리 집만 그런가? 하여튼 엄청난 침묵이 내 가슴을 짓누르는 것 같다. 마치 아주 오래 전부터 이 세상은 조용했고 앞으로도 영원히 이렇게 조용하기만 할 것 같다. 몇 시쯤 됐을까? 시간을 확인할 수 있으면 좋을 텐데. 하지만 어찌 된 일인지 몸을 움직일 수가 없다. 물 좀 마시고 싶은데.

손가락을 까딱거려 본다. 이상하게 아무런 느낌이 없다. 뭔가 싸한 느낌이 머릿속을 타고 지나간다. 마치 전류처럼.

순간, 내 몸이 허공에 붕 떠 있는 것 같은 느낌이 든다. 그제야 난 허겁지겁 내 얼굴이며 가슴과 팔다리를 마구 만져 본다.

오마이갓!

내가 사라졌다. 내 살이 만져지지 않는다. 이런 황당한 시추에이션은 텔레비전에서도 못 봤는데. 어째 아까부터 기분이 이상하더라니.

그러니까 지금 난 몸은 없고 가슴만 있다. 아니, 영혼인가? 이게 그 유명한 유체 이탈인가 뭔가 하는 걸까? 하여튼 상황이 대충 그렇다. 문제는, 어째서 내가 갑자기 사라져 버렸느냐 이거지.

잠깐. 이건 또 무슨 소리지? 어디선가 재깍재깍 시곗바늘 돌아가는 소리가 들린다. 일단 귀가 없어도 듣는 데 무리가 없다는 게 확인되는 순간이다. 근데 저분은 또 누구신지. 어째서 방바닥에 깔린 내 이부자리 위에 할머니가 누워 계시는 거냐고. 그것도 내 잠옷을 입은 채로.

'할머니……!'

침대 위에서 자고 있던 고모가 몸을 뒤척이는 바람에 목소리를 낮춘다. 고모는 몇 번인가 허공을 향해 한 손을 허우적대더니 도로 깊은 잠에 빠져든다. 나는 할머니를 흔들어 깨우려고 몸을 낮추려다 몸이 없다는 것을 깨닫고 경악한다. 그 말 많고 탈 많던 열여섯 살 조은재의 인생이 이렇게 허망하게 막을 내리는 거야? 이게 끝인 거야? 그런 생각이 들었지만 이내 흥분을 가라앉힌다. 할머니가 마침 자리에서 일어났기 때문이다. 나를 찾는 걸까? 이제 막 깊은 잠에서 깨어난 듯한 얼굴로 방 안을 둘러보는 할머니. 어둠 속이지만 또렷하게 잘 보인다. 근데 우리 할머니, 오늘따라 더 젊어 보인다.

'할머니, 나 여기 있어.'

큰 소리로 말했는데도 잘 들리지 않는 모양이다. 듣기는커녕 열여섯 살 소녀처럼 수줍은 얼굴로 꽃무늬 잠옷만 매만져 본다. 혹시 할머니한테 저 옷이 어울린다고 생각하는 건 아니겠지?

얼랄라. 할머닌 아예 자리를 털고 일어선다. 그러고는 침대에서 곤히 자고 있는 고모를 향해 다가간다. 들키면 안 되는데. 그런 생각이 들었지만 이미 늦었다. 고모가 게슴츠레 뜬 눈으로 이렇게 말했기 때문이다.

"마미……?"

그렇게 말하는 고모의 한 손에 회중시계가 들려 있는 게 보인다. 잠잘 때도 그걸 놓치지 않았던 모양이다. 그렇다면 아까 그 소리는 고모가 잠자는 동안에도 회중시계의 시곗바늘이 움직이는 소리였나 보다. 고모는 조용히 이불을 걷고 일어나 앉는다. 할머니는 그런 고모를 말없이 내려다본다.

"마미, 왜 이제야 날 찾아왔어요?"

하여간 저 고모의 정신세계도 참 특이하다. 이럴 땐 최소한 삼십육계 줄행랑 아니던가? 죽은 사람이 떡하니 나타났는데 어떻게 사람이 놀라지도 않냐. 외국에 살아서 그런가? 고모가 너무 태연해서 오히려 내 불안감만 더 커진다.

"나, 잠잘 때마다 기도했습니다. 마미 만나게 해 달라고. 어릴 때부터 주욱 그랬습니다. 기도 한 번도 빼먹지 않았어요. 그래서 마미 만날 줄 알았습니다."

마치 오늘 같은 날이 올 줄 알았다는 듯 고모의 입에서 그런 말들이 쏟아져 나온다. 할머닌 고모의 어깨에 한 손을 올려놓으며 미소 짓는다. 왠지 슬퍼 보이는 미소다. 우리 할머니가 저러는 거 처음 보는데. 쭈글쭈글해진 두 손으로 고모의 두 뺨을 마구 어루만지는 할머니. 고모는 어린애처럼 할머니의 손에 두 뺨을 내맡긴 채 웃고만 있다.

뭐야, 저 두 사람. 진짜로 서로를 보고 있잖아? 이거 꿈인지 현실인지 도무지 모르겠네.

"나, 마미, 사랑합니다. 그러니까, 다 괜찮습니다."

두 사람은 한동안 말없이 두 손을 맞잡고 앉아 있다. 웃지도 않고 울지도 않는다. 그냥 서로를 뚫어져라 바라볼 뿐이다. 고모의 회중시계가 다시 멈출 때까지.

11

Goodbye, my grandmother

그 찬란했던 새벽을 어떻게 잊을 수 있을까? 고모의 회중시계가 다시 움직이던 날 밤, 할머니는 살아 계셨다. 회중시계가 할머니에게 시간을 되돌려 준 것이다. 그건 할머니가 한 짓은 아니었다. 그냥 우리가 흔히 말하는 어떤 에너지 같은 것이 고모와 할머니를 만나게 했다고 생각한다.

고모가 어릴 적부터 해 왔다는 기도들이 한데 모여 신비한 힘을 발휘했는지도 모르고. 중요한 건 이 몸이 그 신비로운 순간에 커다란 기여를 했다는 거다. 내가 없었으면 고모는 할머니를 만나지 못했을 테니까.

아빠 말대로 무엇을 믿고 안 믿고의 문제는 각자의 선택인 거다. 나로 말할 것 같으면, 믿는 쪽을 택했다. 고모가 할머니를 사

230

랑한다고 말한 건 꿈이 아닌 현실이었다고 말이다. 그걸 믿는 동안은 내 생도 함께 빛날 것만 같으니까.

어쨌든 난 그날 이후 한 가지 중요한 것을 깨달았다. 모든 진실은 그것을 알려고 하는 사람에게만 그 문을 열어 준다는 사실을 말이다.

할머니는 새벽 세 시에 떠났다. 바로 그때 할머니 머리 위로 찬란한 빛이 쏟아져 내렸다. 비좁은 내 방 안이 온통 환한 빛으로 눈이 부셨다. 그 눈부신 빛 때문에 고모가 잠깐 눈을 감았다 뜬 사이에, 할머닌 사라져 버렸다.

그제야 고모는 회중시계를 열고 시간을 확인해 보았다. 그때가 새벽 세 시. 이후 회중시계는 고모가 한국을 떠날 때까지 다시 움직이지 않았다. 아마 그 시계는 앞으로 다시는 움직이지 않을 거다. 언제나 새벽 세 시에 머물러 있으면서 고모를 추억에 잠기게 하겠지. 그런 생각을 하면 나도 모르게 마음이 가벼워진다.

할머니가 떠나고 나서 나는 곧바로 몸을 되찾았다. 나는 내가 아까 그 이부자리 위에 누워 있는 것을 알았고, 곧 잠이 들었다.

아침이 되어 고모가 잠에서 깨어났을 때, 나는 고모가 이전과는 다른 사람이 되어 있는 것을 느낄 수 있었다. 처음 봤을 때 느꼈던 그 느낌, 거대한 생의 물결에 몸을 내던진 채 이리저리 쏠려 다니는 외로운 사람이라는 느낌은 사라지고 끝내는 자신이 원하던 강줄기를 만난 사람처럼 평온해 보였다. 생의 핵심에 가까이 가 본 사람만이 가질 수 있는 어떤 초월적인 미소가 고모의 얼굴에서 사라지지 않았다.

"이다음에 은재가 나처럼 자라면 우리 또 만나요. 그땐 이 시계를 은재에게 줄게요."

공항에서 고모가 내 귀에 대고 속삭였다. 그 새벽이 지난 이후로 한국을 떠나기 전까지 고모는 줄곧 알 듯 말 듯한 미소를 내게 보내오곤 했다. 그러면 나 역시 고모에게 희미하게 미소를 던져 줌으로써 내가 진실을 알고 있다는 신호를 보내 주었다.

어쨌거나 우리 두 사람은 비밀의 순간에 같은 장소에 있었던 것이다. 그것으로 고모와 나는 굳이 말을 하지 않아도 많은 것을 서로 공유하고 이해할 수 있게 되었다.

어쨌든 이제는 정말로 홀가분하다. 할머니가 그렇게 갑자기 떠나 버려서 조금 섭섭하기도 하지만 이제야 비로소 모든 게 제자리를 찾았다는 생각도 든다. 누구에게나 영원한 건 없을 테니까 말이다.

"은재야, 빨리 타! 지금 가도 늦는단 말이야."

이건 엄마 목소리다. 이사 가기 싫다더니 막상 이삿날이 되자 제일 신나서 떠들어댄다. 나는 잠깐만 기다리라고 말한 다음 텅 빈 마당을 휘 둘러본다. 이제는 정말 안녕이다. 나의 어린 시절 추억이 깃든 곳, 할머니의 냄새가 깊이 배어 있는 이곳과 작별 인사를 하려니 찔끔 눈물이 날 것 같다.

"우리 집아, 안녕."

감상에 젖은 채 작별 인사를 마친다.

"조은재, 너 빨리 안 타? 우리끼리 그냥 가 버린다!"

"아, 알았어. 간다고요, 가!"

그렇게 말하고 후다닥 뛰쳐나간다. 대문 앞에 서 있던 이삿짐 트럭은 벌써 시동을 걸고 막 출발할 태세다. 엄마랑 영재는 아빠의 낡은 승용차 뒷좌석에 앉은 채 목을 빼고 나를 기다리고 있다.

"은재야, 잠깐만!"

은혜다. 나는 차 문을 도로 닫고 골목길을 헐레벌떡 달려오는 은혜를 기다린다. 내 앞에서 멈춘 은혜는 새빨개진 얼굴로 숨을 헐떡거린다.

"야, 왜 이렇게 늦었어? 오늘 가는 거 알면서."

나는 괜스레 은혜한테 핀잔을 준다. 은혜는 늦어서 미안하게 됐다는 듯 배시시 웃으며 손에 든 종이봉투를 내민다.

"이거 주려고. 이거 만드느라 어제 밤 새웠어."

"오호, 이별의 선물이냐?"

내가 히죽 웃으며 묻자 은혜가 눈을 흘긴다.

"별 볼 일 없지만 암튼 내 마음의 선물이야. 가서 꼭 연락하라고."

"아, 당연하지. 너 나 없으면 안 되는 거 내가 아는데."

"나, 내일은 결혼식장에 가 보려고."

그렇게 말해 놓고 은혜가 발끝으로 땅을 툭툭 건드린다. 그제야 나는 내일이 우리 담임과 작문 선생님의 결혼식이라는 걸 떠올린다.

"뭐야, 아직도 미련을 버리지 못한 거냐?"

"이젠 완전히 끝났는걸, 뭐. 가서 잘 먹고 잘 살라고 축하나 해 주려고."

그렇게 말하는 은혜 얼굴이 왠지 쓸쓸해 보인다.

"잘 생각했다. 아무튼 나는 간다. 잘 있어라."

"응. 잘 가."

"어. 전화할게."

이별의 의식이란 생각보다 간단하구나. 그런 생각을 하며 차에 올라탄다. 은혜는 돌아가라는데도 말을 안 듣고 차가 떠날 때까지 끝까지 그 자리에 서 있다. 그걸 보니 은혜가 참 좋은 친구였다는 생각이 든다.

"어휴, 이놈의 똥차 내다 버리든지 해야지, 원."

엄만 수동식으로 된 창문을 닫느라 손잡이를 낑낑거리며 돌린다. 엄마의 투덜거리는 소리와 함께 시동이 걸린다.

"자, 이제 출발합니다!"

아빠의 힘찬 목소리.

부릉부릉 부르르응…… 부루욱.

시동이 도로 꺼진다.

"안 되겠다. 영재랑 은재 내려."

"아, 또야?"

영재가 짜증 섞인 목소리로 말하며 차에서 내린다.

"엄마는 왜 안 내려?"

내 말에 엄마도 마지못해 차 문을 열고 밖으로 나온다.

"자, 하나 둘 셋 하면 미는 거야, 알았지?"

아빠가 창문 밖으로 고개를 빼고 소리친다.

"하나 두울 세엣!"

얼떨결에 서 있던 은혜까지 힘을 합쳐 네 사람이 있는 힘껏 밀자 차가 조금 앞으로 나간다.

"야, 됐다 됐어, 빨리 타!"

재빨리 앞으로 튀어 나가 차에 오른다. 그제야 은혜가 못 미덥다는 얼굴로 손을 흔든다. 드디어 차가 앞으로 천천히 나아가기 시작한다. 조수석에 앉은 나는 애써 환하게 웃으며 은혜를 향해 손을 흔들어 준다. 이삿짐을 실은 트럭은 벌써 골목을 빠져나갔는지 보이지 않는다.

아빠는 트럭을 따라잡느라 속력을 낸다. 그러는 바람에 차는 어느새 마을에서 멀어져 버렸다. 나는 아빠가 틀어 놓은 〈동백아가씨〉를 들으며 은혜가 준 선물을 꺼내 본다. 예쁜 털실로 짠 모자다. 머리 위에 눌러쓰고 백미러를 본다. 대충 잘 어울리는 것 같다. 기집애, 은근히 손재주 있단 말이야. 모자를 쓴 채 창밖으로 시선을 돌린다. 어느새 엄마 아빠는 이미자의 〈동백아가씨〉를 따라 부르고 있다. 이 노래, 들으면 들을수록 참 좋다. 묘하게 사람을 흥얼거리게 만드는 힘이 있다. 이래서 우리 할머니가 생전에 그토록 좋아하셨나 보다.

조용히 눈을 감아 본다. 내 머릿속에 가장 먼저 떠오르는 건 주름투성이의 투박한 손이다. 고모의 얼굴을 부드럽게 쓰다듬던 할머니의 손. 지금 생각해도 어떻게 그런 일이 일어날 수 있었는지 잘 모르겠다. 그건 정말 기적 같은 일이었다.

하지만 아직 아무에게도 그날 새벽에 일어났던 일을 말하지 않았다. 어차피 누군가에게 말해 줘도 믿지 않을 게 뻔하니까. 솔직히 혼자만 알고 있어야 하는 나만의 비밀을 간직하는 것도 꽤 근사한 일이라는 생각이 든다.

인생이란 정말 알 수 없는 것 같다. 내가 지금 알고 있는 것, 옳다고 생각하는 것이 내일은 틀릴 수도 있으니까 말이다. 하여간 인생을 정의하는 건 나중에 할머니가 되어서 하기로 하고 지금은 그냥 달리는 거다. 저기 저 앞에는 또 다른 일들이 나를 기다리고 있을 테니까.

작가의 말

　제3회 세계청소년문학상 수상작인 『나는 할머니와 산다』가 출간된 지 벌써 5년이 지났다. 사람이 살다 보면 누구나 유난히 잊지 못할 어느 한 시기가 있기 마련인데, 나에게는 첫 책이 출간되던 5년 전이 그랬다. 그 무렵 나는 자주 내 꿈에 대해 생각했다. 그땐 쓰고 싶은 이야기도, 읽고 싶은 이야기도 많았다. 그리고 정직한 이야기를 쓰고 싶었다. 그런 욕심이 절망으로 바뀌는 데에는 그리 오래 걸리지 않았다. 머릿속에 가득 찬 이야기들은 그 자체로 하나의 덩어리를 이루었지만, 그것을 꺼내서 단어와 문장으로 나열하려고 하면 이야기는 흐물흐물한 하나의 덩어리가 되어 버리곤 했다. 말하자면 나는 이야기라는 덩어리에 대해 쓸 수는 있지만, 그 덩어리의 내용물에 대해서는 단 한 줄도 쓸 수 없었던 것이다. 이것은 정말이지 고독한 일이 아닌가, 하고 나는 밤마다 신음처럼 혼잣말을 했다. 뒤늦게 알게 된 사실이지만 그때 나는 '정직한 이야기'라는 것이 무언지조차도 제대로 모르고 있었던 것 같다.

물론 지금도 '정직한 이야기'란 대체 무엇을 말하는 건지 알 수가 없다. 그런 게 있는지조차도 모르겠다. 한 가지 변한 게 있다면 이제는 그런 것을 알려고 애쓰지 않게 되었다는 것 정도이다.

모르는 것을 알려고 하지 않고 이미 알고 있는 이야기를 쓰기 위해 사소한 시도들을 반복하는 것도 그리 나쁘지 않은 경험이다. 게다가 운이 좋다면 그런 지루한 반복을 통해 일정한 패턴을 가진 아름다움을 발견할 수도 있을 것이다.

『나는 할머니와 산다』의 개정판을 내 주신 나무옆의자 출판사와, 편집부 선생님들께 감사드린다.

처음 『나는 할머니와 산다』가 세상에 나왔을 때, 많은 사람들의 격려와 칭찬을 들었다. 그 아름다운 말들은 사라지지 않고 내 가슴 속 깊은 곳에 남아 씨앗이 되어 주었다. 이 책이 또다시 세상에 나가 자유롭게 유영하기를 응원해 본다.

교정을 보느라 처음부터 끝까지 내 책을 다시 읽어 보았지만 특별히 고치고 싶은 내용은 없었다. 이 책은 과거의 내가 쓴 책이고, 그것은 그런대로 또 의미가 있었다. 현재의 내가 불만스러워할 이유가 없다고 생각했다. 개정판을 내는 일이 '패자부활전'이

아닌 다음에야 부족한 것은 다음 작품으로 만회하고 싶은 욕심
도 있었을 것이다. 그런 핑계로 나는 좀 더 오랫동안 사소한 시도
들을 계속해 볼 생각이다.

2015년 2월 9일 파주에서

최민경

소설BLUE 02

나는 할머니와 산다

초판 1쇄 발행 2015년 4월 10일
초판 5쇄 발행 2021년 5월 17일

지은이 최민경
펴낸이 이수철
주 간 하지순
디자인 권석중
마케팅 안치환
관 리 전수연

펴낸곳 나무옆의자
출판등록 제396-2013-000037호
주소 (10449) 고양시 일산동구 호수로 358-39 동문타워1차 202호
전화 02) 790-6630 팩스 02) 718-5752

페이스북 www.facebook.com/namubench9
인쇄 제본 현문자현

* 나무옆의자는 출판인쇄그룹 현문의 자회사입니다.
* 이 책의 전부 또는 일부 내용을 재사용하려면
  사전에 저작권자와 도서출판 나무옆의자의 동의를 받아야 합니다.
* 이 도서의 국립중앙도서관 출판예정도서목록(CIP)은 서지정보유통지원시스템
  홈페이지(http://seoji.nl.go.kr)와 국가자료공동목록시스템(http://www.nl.go.kr/kolisnet)에서
  이용하실 수 있습니다. (CIP제어번호 : CIP2015005136)